文学常青藤丛书

吴欣歆
郝建国
主编

绽放青春的花朵

本册主编　胡琳琳
副主编　严爱军
编　委　张瑛　陈晓涵　肖仁荣

花山文艺出版社
河北·石家庄

图书在版编目（CIP）数据

绽放青春的花朵 / 胡琳琳主编. -- 石家庄：花山文艺出版社, 2025. 1. --（文学常青藤 / 吴欣歆, 郝建国主编）. -- ISBN 978-7-5511-7406-0

Ⅰ. I217.2

中国国家版本馆CIP数据核字第2024QD7715号

丛 书 名：文学常青藤
主　　编：吴欣歆　郝建国
书　　名：**绽放青春的花朵**
　　　　　ZHANFANG QINGCHUN DE HUADUO
本册主编：胡琳琳
统　　筹：闫韶瑜
责任编辑：林艳辉
责任校对：李　伟
美术编辑：陈　淼
出版发行：花山文艺出版社（邮政编码：050061）
　　　　　（河北省石家庄市友谊北大街330号）
销售热线：0311-88643299/96/17
印　　刷：石家庄名伦印刷有限公司
经　　销：新华书店
开　　本：880毫米×1230毫米 1/32
印　　张：10
字　　数：200千字
版　　次：2025年1月第1版
　　　　　2025年1月第1次印刷
书　　号：ISBN 978-7-5511-7406-0
定　　价：36.00元

（版权所有　翻印必究·印装有误　负责调换）

总　　序

2022年春节，花山文艺出版社社长、总编辑郝建国打来电话，商量共同策划一套中学生"创意写作"丛书。当时，我正在反思应试作文的正面作用和负面影响，确定了样本校，想做一点儿"破局"的教学实践，目标是使学生在学会写作的一般规则的同时又能够自由表达。恰逢其时、恰逢其人、恰逢其事，一次通话就确定了合作意向、基本方向、大致的工作进程，很是痛快。

但我不想用"创意写作"的概念，因为创意写作是一个成熟的学科，有专门化的人才培养方案，而中学课程方案中没有设置这一学科。早在1936年，美国艾奥瓦大学就已经有了创意写作艺术硕士（MFA），此后，艾奥瓦作家工作坊在英语国家广泛推广，继而在全球范围内产生了深远的影响。在我国，2007年，复旦大学开始招收文学写作专业的硕士研究生，2009年正式设立了创意写作专业硕士学位点；2011年，上海大学成立了创意写作创新学科组；2014年，北京大学中文系成立了创意写作教学团队……据我了解，目前全国有二十所左右的高校招收创意写作专业硕士，课程内容涵盖小说写作、诗歌写作、媒体写作、传记写作等多种文体类型，有明确的培养目标和教学方法。虽然有些中学开设了创意写作的校本课程，但我的目的不在于推广这门课程。我主张用创意写作的学科知识指导中学写作教学的变革，在概念上使用课程文件用语——创意表达。这一想法得到了出版社的支持。

在我看来，所有的写作对学生而言都是创意表达，都需要借助生活经历、语言经验、知识积累、思维能力，把想法变成实际存在的文字，即便是严苛的学术写作，也能够体现出学生的个性特点。对于成长中的学生来说，写作除了具有学习功能、交际功能、研究功能，还有重要的心理建设功能。写作的内核是面对真实的自己，面对真实的情感体验，用文字表达的时间是学生认真面对自己的时间，如果能够自由地表达出自己的想法，就能够很大程度上实现心理重建。

娜妲莉·高柏在《心灵写作》中把写作称作"纸上瑜伽"，她倡导学生每天自由自在地写十五分钟，直接记录脑子里随机出现的词语和句子，记录眼前的事物，记录此时此刻的体验和感受，不管语句是否通顺，内容是否符合逻辑，不管要表达什么主题，就一直写一直写。这样的写作，显然有助于克服书面表达的恐惧与焦虑，有助于克服因为期待完美而导致的写作拖延。学生奋笔疾书之后会有一种释放感，一种绷紧之后的放松感，书写的畅快足以改变不良的心理状态。

写作工坊比较常用的练习方法大多能够引导学生的思维自由延展，比如曼陀罗思维法，又被称为九宫格法，就是将自己的某个观点写在中央的格子里，围绕这个观点进行头脑风暴，将其余八个格子填满，继而再辐射出八个格子，两个轮次的头脑风暴，核心观念迅速衍生出六十四个子观念。再如第二人称讲述，用"你"开头，写下你看到的、听到的、嗅到的、触摸到的、反映出的、联想到的各种信息，连贯地用文字表达自己真实的见闻与感受。又如庄慧秋的《写出你的内心戏：60个有趣的心灵写作练习》，提供了六十种开头提示语，其中包括"我喜欢""我讨厌""我热爱""我痛恨"等自我情绪表达的提示语，以及自我形象变形的提示语："如果我是一棵植物，那我就是……""如果我是童话故事中的角色，那我就是……""如果用一幅画来象征我自己，那我就是……"

这些方法都可以在写作教学中运用，帮助学生感受到自由思考的快乐，在相互启发中打开书面表达的广阔世界，帮助他们实现创意表达。

对于中学生的创意表达，我有三点想法。

第一，放松写作体裁限制，用自己的方式记录看到的社会生活，表达真实的情感体验。中学写作教学存在为体裁找内容的现实问题，学生非常熟悉记叙文、议论文的套路，习惯按照既定体裁框架填充写作内容，这是违反创作规律的。合理的状态是，学生有见识、有感悟，有表达的目的和对象，为了实现目的寻找合适的表达方式。体裁可以自由选择，甚至可以自由创造，我们要鼓励学生为自己的内容找到合适的形式。

第二，拓展写作内容边界，在广阔的社会生活中发现写作的内容，探索写作的价值。美国非虚构作家盖伊·特立斯的作品集《被仰望与被遗忘的》，从微观层面记录了纽约的城市风貌，关注各种人和他们背后的故事：俱乐部门口的擦鞋匠、高级公寓的门卫、公交车司机、大厦清洁工、建筑工人等。

我们要鼓励学生写他们熟悉的、他们经历的、他们知道的，鼓励他们写出自己眼中的世界图景。

第三，重构写作指导模式，建立师生协作的创作团队，形成完善的创作流程。中学写作教学习惯"写前指导"和"写后指导"，写作过程中的指导尚未受到充分关注。Perry-Smith 和 Mannucci 在前人研究的基础上，根据创意过程中不同阶段的需求将创意过程划分为创意产生、创意细化、创意倡导、创意实践四个阶段。学生的初步想法，很多时候是"灵光乍现"，教师要有一套办法组织学生分析原始创意，征集延伸性的内容与想法，整合收集到的信息，帮助学生完成创意的修改、发展，有序完成从创意到作品的实践过程。

《义务教育语文课程标准（2022 年版）》设置了"文学阅读与创意表达"任务群，《普通高中语文课程标准（2017 年版 2020 年修订）》设置了"文学阅读与写作"任务群，对学生使用书面语、发展创造力提出了明确的要求。本套书选择的学校大多为区域名校，学生的创作和教师的指导体现出落实课程文件要求的原则与策略，期待能够引领更多学校、更多师生的创意表达。需要说明的是，这些学校的师生不仅重视创意表达，而且极为重视语言运用的规范，他们热爱国家通用语言文字，热爱中华文化，对中华文化的生命力有坚定的信心，他们的创作在弘扬中华优秀传统文化方面，也做出了良好的示范。

2023 年元旦于北京　吴欣歆

序

　　苏州是一座有着悠久历史和深厚文化的古老城市，同时也是一座极具现代气息和智慧的新型城市。古典与现代在这里交汇、碰撞、融合、突破，让这里的语文教育既有传统文化的优雅含蓄，又展现出面向时代的锐意进取。

　　苏州大学附属中学是苏州工业园区第一所四星级高中，学校深耕儒家文化，从孔孟思想中汲取养分，以"智仁勇"为校训，以"养正气，成大器"为育人目标，确立了"实践爱与智慧教育"的教育目标。得益于学校厚重的文化氛围，学校语文教学卓有成效，语文教学活动也是丰富多彩，已经建立了完整的"智仁勇"语文教学特色课程，其中"十月诗会""五月戏剧节"一直是学校的特色活动，在区域内大获好评。

　　2019年教育部考试中心制定《中国高考评价体系》，提出"一核""四层""四翼"的总体命题框架，其中"一核"就是指"立德树人、服务选才、引导教学"三大核心功能。随着江苏省高考采用全国卷，围绕"新课标、新教材、新高考"的教学改革也在逐步推进并走向深入，如何"让语文回归语文，把学习还给学生"成了语文教学最重要的议题。在严爱军老师"转化型写作"专题研究的大力推动下，我校语文教学研究在"考什么就教什么""以考定教""以考定学"的服务教学、提高分数的实际目标之外，着力培养学生阅读能力、思维能力、表达能力等语文素养的全方位提升，并落实到文字作为研究成果。

此次结集全部来源于学生习作，包括散文、诗歌、书评、影评、戏剧五大类，充分体现了"联系生活、回归教材"的写作宗旨。"生活的外延就是语文的外延"，生活源头活水，文字是"情动于中而形于言"。目前，高中生常常觉是"苦语文久矣"，认为语文是一门玄学，书也背了，题也刷了，就是难以获得理想的分数。岂不知症结所在，是以理科方法来学文科，割裂了生活与语文的联系，不能将来源于教材的信息"内化于心"用于生活，用于解决问题。此次尝试，极大地调动了学生的表现欲和学习热情。可以看出，学生的生活经验还是很丰富的，只是"生活"与"写作"之间缺少联系思维，当这座桥梁建成之后，他们的文字储备、文学积累和生活经历就被完全激活，一如冰雪融化，春水初生，一路生花。

同时，这次结集让我们看到了更加大有可为的语文空间。高考作文的"重镇"是议论文，为此各路专家研究并提供了写作套路，而一线教师也将这些套路奉为圭臬，用来指导高中作文写作。虽然在考试中取得了不错的效果，但是也限制了学生的写作。合于"规范"的作文在考场上容易得到阅卷老师的青睐，而出于性情的"野性"创造，才是生命力的爆发，彰显生命的倔强和骄傲，更能打动人心。底层文人创作的《古诗十九首》之所以有"惊心动魄，一字千金"的效果，正是因为诗作源于生活，发于内心，同时也冲击了"润色鸿文"那种陈词滥调，回归"感于哀乐，缘事而发"的"国风""乐府"传统，文人在那个混乱的年代以卑微的身份创造了非凡的成绩，也成为"建安文学"的先声。

此次结集也是我校语文教研的阶段性成果，在"转化型写作"的研究中，我们不断尝试、不断改进、不断突破，在提高分数和提升素养之间，我们开辟了一条有效的道路。不仅激发了学生的写作热情和写作欲望，更为主要的是调动了学生学习语文的积极性，这才是提高语文成绩的"原动力"，我们欣喜地看到学生能够利用课余时间开展阅读活动和交流，同时也将个人心得感悟自觉地形成文字，也能够主动地和老师交流，真正营造了"我要学语文"的氛围，在一定程度上实现了"把学习还给学生"的目标。

筚路蓝缕，行稳致远。路还很长，我们一路前行、一路欣赏渐次而开的陌上花。

苏州大学附属中学　赵光义

目 录

散 文 类

引言 …………………………………………… 003

水中月，耳畔笛 ……………………………… 005

哦，张桂梅 …………………………………… 009

爷爷的小屋 …………………………………… 012

蒲扇志 ………………………………………… 014

勿让琴声伴哭声 ……………………………… 017

享受痛苦 ……………………………………… 019

院 ……………………………………………… 021

传承 …………………………………………… 024

聆听 …………………………………………… 026

脚踩土地，追随远方 ………………………… 028

八步 …………………………………………… 030

重 ……………………………………………… 032

身后的目光 …………………………………… 036

高傲背后的张狂 ……………………………… 039

真珠舍利幢，姑苏文匠心 …… 042

深秋叙，竹笛韵，民乐音 …… 047

戏声悠悠，生生不息 …… 052

花千树今又开 …… 056

剑 …… 059

诗 歌 类

引言 …… 065

歌者立于大地 …… 067

致自由 …… 068

怜木 …… 070

芣苢（一） …… 071

芣苢（二） …… 073

芣苢（三） …… 074

芣苢（四） …… 075

芣苢（五） …… 076

芣苢（六） …… 077

青玉案（一） …… 078

青玉案（二） …… 080

东坡不栖鸿 …… 082

告志摩 …… 083

继续 …… 085

春天的第一朵花 …… 087

足迹 …… 089

书　评　类

引言 ……………………………………………… 093
千千万万个身影，千千万万遍 …………………… 095
生存，"悲剧"，尊严 ……………………………… 102
人类的抵抗，悲壮而又伟大 ……………………… 107
对着平凡的生活含泪微笑 ………………………… 111
风雨如磐暗故园 …………………………………… 116
你是个走夜路的人 ………………………………… 118
人性与乌托邦 ……………………………………… 121
朝抵抗力最大的路径走 …………………………… 125
美好生活的意义 …………………………………… 135
找答精神航行之论 ………………………………… 144
散去一身浮躁，觅得一方清静 …………………… 150
请保持那一份热爱，奔赴下一场山海 …………… 156
信仰与文明 ………………………………………… 164
脚步 ………………………………………………… 170
借青春之帆，扬审美精神 ………………………… 177
剧变的生活，我们如何自处 ……………………… 185
实现人生价值，活出生命的精彩 ………………… 193
人性的冲突 ………………………………………… 203
万物与我都是荒诞的寂静，不为繁华易素心 …… 211
儿童眼中的童话 …………………………………… 218
当艺术点染精神 …………………………………… 221

· 003 ·

影 评 类

引言 ··· 227
求变，未得变，缘于社会 ······························· 229
一趟救赎，一场接纳 ···································· 232
生活中的彩色终将绽放 ································· 234
洞穴中的神话故事 ······································· 237
让我们心碎的总是时光 ································· 245
霸王意气在，我辈需担当 ······························ 250
摇动生命的太阳，照亮未知的路途 ··················· 254
不完整的慈悲 ·· 257

戏 剧 类

引言 ··· 263
《最后一课》续编 ··· 265
无能之人 ·· 277
最后的常春藤叶 ··· 282
林教头风雪山神庙 ······································· 290
堂吉诃德 ·· 295

后记 ·· 301

散文类

引　言

　　散文是一种最具个人情趣的文体。好的散文如同一杯好茶，或如龙井、碧螺春一般清爽适口，或如菊花、茉莉花茶口味醇香回甘。大凡优秀的散文习作都在文章中彰显着自己的性情，呈现生活的雅致。

　　按照巴金的说法，"写作即生活"，散文中的生活，第一是最本真的，第二是创作主体自己的情思。在《水中月，耳畔笛》中，我们能感受到"少年的心约莫就像弦月一轮，寂然地高悬星夜"；《哦，张桂梅》一文，让我们看到小作者对具有红梅精神的张桂梅的敬仰与礼赞；《爷爷的小屋》讲述两代人对京剧的坚持与热爱，于平凡生活中折射出传统文化的魅力；《蒲扇志》以回忆重温与奶奶的相处，让人唏嘘不已；《勿让琴声伴哭声》的一句"艺术一旦变成了任务，变成了强求的东西，甚至变成了一种负担的时候，那么艺术也就失去了其本身的意义"，振聋发聩，令人警醒；《享受痛苦》则让读者深深地体认到：痛苦不过是酸涩而又那么浓墨重彩的调剂品。

海德格尔曾说过："人诗意地栖居在大地上。"在日趋物质化的今天，文学成为人们抵制心灵沙漠化的一剂良方，品味散文也成了师生坚守一方家园与一片天空的法宝。

水中月，耳畔笛

◎秦子臻

十六七岁少年的心约莫就像弦月一轮，寂然地高悬星夜，月色皎然，却是敏感又易碎的。不如意事常八九，小到一场不甚满意的考试、一次不欢而散的谈话，往往勾出压抑已久的怀疑与惶惑，望不尽世间，看不清自己。

我坐在窗边郁郁寡欢，任凭遐思困在难以名状的烦闷中。不经意间抬头，窗外夜幕低垂，星星全无，冷冽的风中洒满月光。于是起身披衣，去看这座城市独属于我的一面，赴一场久违的邀约。

空有姑苏台上月，如西子镜照江城。

越过石桥，沿着河岸漫步，抬头是灯火千家，垂眸是秋风萧瑟，水脉蜿蜒。姑苏城的古河道，顺着吴越相争、六朝繁华与宋元明清缓缓流淌，无论乱世盛世、有情无情，自古都映着一轮明月。想到这儿，满心讶然，千年里又有多少人同我一般沉沦于俗世中的繁杂琐碎，忘了喧嚣之外，总有这明月不改。

邈远的曲不知从何处传来，与这秋夜的流波月景刚好相配。我脚步一滞，辨出这是伴了我五年的笛音。我凝神，开头静谧恬然,长音舒缓悠扬,时不时又掺杂灵动的转音,熟稔的曲调立刻带我回到了几年前初学这首《姑苏行》的日夜:那时的我还能拥有纯粹无忧的自由。练笛并不轻松,但年少的韧性与执着让我撑过了每一次枯燥单调的练习。反复打磨、近乎苛责的精益求精,每一个颤音与叠音都尽可能饱满而灵巧。不知多少遍的重复,直到笛音行云流水,描摹出我心中那个款款穿行过姑苏的小桥流水、在朦胧烟雨中远眺错落楼阁的身影,朝飞暮卷,云霞翠轩,雨丝风片,烟波画船。竹上六孔,笛音倾泻而出,曲中的姑苏亦是少年时的心之所向。

一曲终了,我却依然未尽兴,于是三步并作两步,取出了那支曾伴我走过幼时岁月的竹笛。轻抚笛身,恍然间仿佛看到吴钩出鞘,纵然尘封已久,仍是寒光凛冽,锋芒毕露。再次走向河边时,只觉秋风也温和,金戈铁马、红尘三千,都颤于指间。

我将唇轻轻搭上笛孔,指尖轻按,再奏一曲《姑苏行》。我闭上双眼,凭着记忆奏出这首藏于心间尘封已久的曲子,如同千年前的吴地,某位侠客在月光下拭去剑上尘灰,出鞘即斩的霜刃逐渐变得流光溢彩。太多情愫流转于心,如潮水漫上堤岸,霎时间冲散烦闷焦躁。平和与急迫,澎湃与克制,怀念过往与憧憬未来,满心充实与怅然若失,交织的情绪如看似不相通的两条河流,绕过群山,终于又在前方紧紧交融。月下吹笛,内心恍若有少女着羽衣霓裳,月下瑶台,临水照花。我愈吹愈急,十指翻飞,笛声也由缓转急,夹杂着短促的气音,那少女又蹙起眉头,脚尖点地,裙摆随着舞步起伏。一首旧曲,非是出自唇畔而是发自心底，由每一寸肌肤、每一分纯粹的念想幻化而来，混合着世间所有难以言喻的美。一曲终了，我睁眼，抬头，只见河面月色摇曳，像是少女起身回眸，乱了一池秋水。

涟漪层层漫开，来时的烦闷再无踪影，终于被这月色洗濯干净，心中是久违的平静。释然间想起了无门慧开禅师关于四季的偈：

春有百花秋有月，夏有凉风冬有雪。
若无闲事挂心头，便是人间好时节。

从前只是艳羡于此身一无所扰的自在悠然，但我真正懂得禅师笔下的偈语，是在今夜的月色里。身处熙熙攘攘的人群中，难免心生浮躁。我不否认，总有人即使置身于这样的纷杂中亦能明朗欢快。可人生如寄，载驰载驱，我不愿、也害怕自己溺于茫然与烦躁，被外界的压力裹挟着向前，却想不起自己缘何在此。星汉西流夜未央，君何淹留寄他方。正如儒家从人际关系中来确定个体的价值，庄学则从摆脱人际关系中来明确个人的地位，当落入迷茫的黑暗中时，不如暂时将纷纭扰攘留在身后，借月照华庭，以笛音排解郁结惆怅。这并非逃避，是在探求一个有关自己的答案。

犹记林清玄曾在《光之色》中谈到，一朝唐诗、一代宋词，大部分是在月下、灯烛下进行。情思、离愁、国仇、家恨仿佛都只同月夜与孤独的心境有缘。国家不幸诗家幸，赋到沧桑句便工。生在太平盛世的我难有家国愁思,也鲜少吟风弄月,只勉强能悟出一句"今人不见古时月,今月曾经照古人"。烟云过眼,华不再繁,但今夜的月白如练,水声潺潺是亘古不变的。

"秋天的月色不会多出流水之声,仰望的人多出的是心灵的季候。"我低头看水,水中的人却在抬头望月。仿佛是现在的我,在和曾经的我诉说着些什么。相同的是,心灵已被秋水浸润,月光又将恼人的尘埃洗净,只剩笛音仍在环绕,经久不散。我在这夜色里看到从前与现在的我复又重叠,如溪水交汇,月华浸染,纯粹一如往昔。

秋风催我回家,月光照亮返还的路,我收起笛子,忽然想到张爱玲的话,不由得改了一改,就改作"水中月是天上月,耳畔笛是心上笛"吧。

指导教师:张 瑛

哦，张桂梅

◎陆敏莹

> 我生来就是高山而非溪流，我生来就是人杰而非草芥。
>
> ——题记

晨曦与风霜并存。旭日向山间布散烈烈朝晖，山间生灵沐浴着金色的光芒。

我再次踏上了这条崎岖的山路，身份却有了变化——从一个渴望出山的女孩儿，成了一个投向大山的支教党员。作出这个决定前，我踌躇了许久。城市的灯红酒绿能够轻易地将一张从大山里走出的白纸染上颜色，然而，我内心深处总有一个声音在呼唤：

哦，张桂梅，张妈妈。

于是，我又来到了这条泥泞的山路。就在踏上这条路的那一刻，灵魂的安宁取代了终日的煎熬。老树盘曲生长，草叶上的露珠莹莹，一阵强烈而清纯的草木与泥土的气息牵着我的魂灵回到那段浸满挣扎、煎熬的日子。

朝阳未起,天色昏沉,寒风凛凛,薄雾弥弥。我从床上爬起,穿上唯一的外套,匆匆走出门外。狡猾的冷风顺着外套的补丁缝隙处钻入,又恶狠狠地刮过我遍布冻疮的手。我抖了抖,加快了动作,高高举起斧头,哗啦一声,木柴已劈成两半。父亲夸过我劈柴快、狠、准,以后嫁人了也是干活儿的一把好手。不多时,我的脚边已立起小山似的木柴堆。我又匆匆地跑到屋内,卷起昨晚剩下的大饼,带上书包,赶向学校。

张桂梅校长挺着瘦削的身体立在华坪女高的操场上,手举喇叭,字字铿锵道:"我要把你们都送出大山!只要你们拼尽全力,命运一定会被改写!你们生来就是人杰而非草芥,你们生来就是高山而非溪流!"

心弦震颤,张桂梅校长的信念激荡起我们的信念,一颗心点燃了一群人的心。这一刻我望着张桂梅校长并不强健的身躯,只觉得那身躯蕴含着磅礴的力量,坚毅伟岸如山。我不由得抬起我的手,手背上冻疮遍布,手掌上掌纹交错——但我不再信命运,我信张桂梅校长,我信这手掌上蕴含的力量,我信海阔凭鱼跃,天高任鸟飞!

山边的太阳起落流转间,到了寒假返家的日子。然而当我回到家里,父亲沉默了片刻,告诉我:"你该嫁人了,别去读书了。"一瞬间,有股莫名的力量支撑着我艰难开口:"我不想嫁人,我想读书。"父亲诧异地看着我——那是我生平第二次违逆他,第一次是去华坪女高读书。最终反抗无果,父亲夺走了我的书包。是夜,我躺在床板上,心里的悲伤化成眼泪,不住地涌出,只觉得没有比那晚更冷更黑的夜晚了,浓稠的黑色将渴望自由的鸟困在森林里。

几天后,父亲勒令我待在家里做事,他独自去学校替我退学。

寒假只放了几天,华坪女高的课业是繁重的,但繁重中又给了我一种希望,因此我甘之如饴。现在,这种希望已经消散了。我近乎绝望地想着。

然而父亲走的时候是一个人,回来的时候却是两个人——

哦,张桂梅,张妈妈!

时至今日,我仍然无从得知她是如何说服父亲的,我唯一知道的是,她贴满膏药的手拉着我的手,将我牵回了华坪女高,又用尽全力,把我们推出了大山。

一声清脆的鸟鸣唤回了我的思绪,朝阳的金光令山鸟的每一片羽毛都熠熠生辉,它们沐阳高歌,我看着眼前这条泥泞又亲切的山路,加快步履,赶向华坪女高。

指导教师:张 瑛

爷爷的小屋

◎翁文浩

爷爷特别喜欢京剧。

在老家,爷爷专门开辟了一间小屋来放置京剧所需的道具。他说这间屋子凝结了他毕生的心血。而我,却对京剧有点儿反感,感觉它就是老年人没事情做才会看的戏。每当爷爷想与我谈戏时,我都会找个借口溜掉,剩下只有爷爷一个人的哀叹声。

这间小屋却吸引了我,并不是京剧本身吸引了我,而是这间小屋。爷爷一向不让别人进去,我对里面的东西是有着浓厚的好奇心。

一日,我偷偷溜了进去想一探究竟。打开了房间里的灯,花花绿绿的脸谱先映入了我的眼帘,在脸谱旁边,有一些衣服挂在木质架子上,散发出特殊的气味,一种让人释怀的气味。我绕开了它们,向里转去,地上框里装着一些刀,墙上挂着一些较长的兵器。我摸了摸,竟然没有灰尘,想必爷爷经常擦拭。兵器旁边有桌椅……

这时,爷爷突然进来了。在我想解释之前,爷爷竟然欢喜地说我终于喜欢京剧了。接着他从抽屉里拿出一本泛黄的小册子，边给我看边说京剧可以陶冶人的情操。爷爷那激动的眼神，充满了无尽的喜悦。

我翻动着小册子，再次看了那些戏服，它们经历了时间的洗礼，褪去了铅华，对于爷爷来说，它们是有生命的。

这时，爷爷突然唱了起来，抑扬顿挫的声音在小屋里飘荡着，我静下心来仔细听着，时缓时急，时轻时重，似小溪与石头碰撞，似瀑布飞流而下。此时此刻，不只是爷爷一个在唱，整个小屋也在唱，诉说着这人间的天籁，洗涤了我的内心，原来京剧是如此美妙。

从此，小屋里便传出一老一少的腔调。

指导教师：张　瑛

蒲 扇 志

◎周欣怡

一阵清风,一曲蝉鸣,一把藤椅,一把蒲扇。

当温柔的月亮赶走炽热的太阳,星星顽皮地爬上夜空,农田渐渐归于平静,各家门前的空地上响起了人声。人们纷纷搬出竹椅木凳,摇一把蒲扇在空地上乘凉。每当这时,我总会抬着一把小竹椅跟着奶奶,坐在门阶前,听听这家的喜闻,笑笑那家的趣事。

夜渐渐安静了下来,丝丝栀子花香萦绕着竹椅,攀着奶奶粗实的手臂,围着那把轻轻摇动的蒲扇,随着夏日清风消散在空气中,带给每个人心灵的洗涤。月色朦胧,树影婆娑,偶尔传来几声蝉鸣,颇有些"明月别枝惊鹊,清风半夜鸣蝉"的悠远意境。一会儿我就不耐烦了,便缠着奶奶讲故事,奶奶的声音很轻,有些沙哑,她缓缓地讲述着,我仿佛融进了那美妙的世界。

"很久很久以前,有个俊俏的小伙子,叫牛郎。天上下来一个美丽的仙子叫织女……最后,他们只能在满是星星的夜空中相会。"

奶奶边搂着我,边摇着扇子,爬满沟壑的脸上呈现出一丝笑意,不说话,只静静遥望满天繁星。我好奇地仰起头,试图寻找那故事中的两道身影,却只看见点点繁星向我眨巴眼睛,好似在炫耀自己能目睹牛郎织女相会,我嘟起小嘴,把头撇在一边,独自把玩那蒲扇。奶奶见我的样子好笑,粗糙的大手宠溺地捏了捏我的鼻子,从我的手中拿过蒲扇,轻轻地摇了起来。一阵清风徐来,融合着栀子花香,充斥着我的鼻腔,脑海中奶奶讲的故事一幕幕地浮现,仿佛也带着栀子花那沁人心脾的香味。奶奶的故事并不新奇,每回都一样,但我却每回都听得津津有味。

我眯着眼睛靠在凉润如玉的竹椅上,奶奶用蒲扇轻拍我的小腿帮我赶蚊子,扇子的叶面脉络纹理清晰,拍在腿上有些痛又有些痒,但还是忍不住这种有趣的体验,便让奶奶别停。渐渐地,在这种微麻微痒的感觉中进入了梦乡。

将飞离的思绪拉回,我抚摸着手中的这把蒲扇,扇面脉络不再完整清晰,边缘的布条也已破损,露出了灰黄的扇叶。透过玻璃,望向天空,昔年的满天繁星已不见,取而代之的是滚滚浓烟。月光黯淡,不知是谁的哀伤。

我靠在竹椅上,幻想着牛郎织女在星空中相会,奶奶相信上天是仁慈的,一定不忍心将牛郎织女分开,只能一年一见,我,相信奶奶。

轻轻摇动破旧的蒲扇,脑中缓缓浮现出那布满皱纹、双眼明亮、嘴角微扬的面容,眼眶不禁有些湿润。学着奶奶的样子,轻轻拍着小腿,有些麻、有些痒,却怎么也停不下来。

一把蒲扇摇出我心中最美丽的童年,摇成一阵思念,送给远在星空上的奶奶。

指导教师:张　瑛

勿让琴声伴哭声

◎聂雨纯

隔壁的小丫头又在练琴了，琴声很优美，也很动听，但却掺进了一些不和谐的音符——小丫头的哭声。

古人每每心中泛起愁思，不乏抱琴轻弹，同时暗暗落泪的场景，但小丫头正值豆蔻年华，何来愁思，竟令她边哭边弹？我每日边听边想，得出了一个简单而又复杂的答案：只因她厌恶弹琴。

其实，小丫头也曾经有过喜爱弹琴的时候。那日，当有人把那架漂亮的钢琴抬进来时，她脸上的喜悦是真的，而在她的母亲告诉她："不考级学琴就毫无意义。"当她在接下来经历每日高强度的练习，手指酸痛的时候，她脸上的泪水也是真的。曾经她弹着的曲子虽不成调，却能让人感受到她欢快的心情；现在所弹奏的《小夜曲》虽美妙但因混杂着哭声而变调成悲壮的《命运交响曲》。作为一名旁观者，我目睹了喜爱被硬生生践踏成厌恶的全过程，感到了无尽的悲哀。我十分同情小丫头，也同情那些在她的手下弹出的乐曲。

艺术，不论是音乐还是绘画，都应是令人身心愉悦的东西。艺术一旦变成了任务，变成了强求的东西，甚至变成了一种负担的时候，那么艺术也就失去了其本身的意义。创造艺术的人，也不应该怀着为了成就名声，为了获取金钱之类的目的，否则那样的艺术就不能称之为艺术，充其量只能算是迎合大众给他人赔笑的小丑戏。

肖邦倾尽一生作曲是为了死后获得人民的赞誉吗？不，他只是想让自己难以纾解的爱国深情化为奔流的音符载着他的心回到了祖国；凡·高死前虽处于绝望的贫困中，也不曾放下画笔，莫非是预见了死后的成名？不，他只是看到自己的灵魂如向日葵般燃烧得热烈，不忍让其随自己的生命一同消逝，而将其永远留在了画布上。真正的艺术都不过是艺术家们一瞬间自我的爆发，没有任何目的理由，不是什么虚无的使命感驱使的，也不是抱有游戏这种轻浮态度而产生的，只是单纯明快的情感的堆砌，忠于自己情感的表达。

当今社会，又有多少人能忠于自己呢？大多数人都在做着迎合他人的事，敢于爆发出内心真实情感的人，敢于对人群呐喊的人几近灭绝。孩子如小丫头多是苦于应付家长，成年人则多苦于人际关系，他们的画不论用多明亮的色彩涂抹也掩饰不了其中的灰暗，他们的乐曲也是如哭声般令人不忍去听，蕴藏生命的艺术已经难以寻觅了吗？

可悲可叹！仍在彷徨的人啊！勿让你的哭声伴随着琴声，勿让你的人生失去自我。

指导教师：张　瑛

享 受 痛 苦

◎王子睿

　　生命是一人一次的单程旅行，人们总以为这一路上只是承受痛苦。因而无从察觉生命的意义。

　　中国人对于磨难、痛苦这样的字眼儿有着非凡的理解。《西游记》中唐僧师徒四人历经磨难，终成正果。在路途中，他们降妖伏魔，只为取得那些能够解脱众生的大乘佛经。普度众生，说白了也只是想让自己与前人所受的痛，后人不再承受。

　　在唐僧眼中，人心是善的，他的愚昧而固执让他吃尽苦头，一切都只是因为他的那份坚信罢了。若后人都能够如他一般心系天下苍生，后人也大可不必受此人生之痛。不过，神话终究是神话。生活中充斥着痛苦由人们去承受，去品尝那种生命里最真的苦涩。

　　有很多人因无法忍受这份苦而就此沉沦，也有人撑住并在现实中将这种痛苦经历与人们分享，好让人们减轻其中无谓的痛苦。作家史铁生就是这样一个例子。他的人生充满了不幸，他的情绪也一度充满了愤怒，对于命运，对于公平。只是他将这些写了下来与更多人分享，在他看来，这或许就是他生命最重要的价值了。他被上天选择来承受这份痛苦，并从泥潭中走出。我无法估量有多少人看了他的文章而发现自己的人生并非那么灰暗，我也无从知晓会有多少人因感同身受而从中获取将生命继续下去的慰藉。

无论如何，痛苦像是你背后的影子一般如影随形。直至死亡，你才能够将其彻底摆脱。不过，你于这个世界而言已不复存在。既然这一切本就不可避免，何不就此去享受这份痛苦呢？从中收获与感悟人生的意义。通过自己的一份努力来让后人不必再受相同的折磨。这，便是痛苦的价值。

唯有高峰才能检验真正的强者，痛苦不过是最酸涩而又浓重的调味品。不必想着去摆脱它，而是全身心地去迎接它，接受它的挑战。最终，它也会帮助你去挖掘生命的意义。一切的努力都不会白费，是它让生命起起伏伏、雄伟壮阔。唯有享受痛苦，才能创造意义。

指导教师：张　瑛

院

◎王子睿

孩童时代,我们都是溢彩的礼花,绚烂地照耀夜空,却也静候黎明的到来。那时的夜很美,在新年来临的时候,搬个矮凳坐在祖父的小院中。

一个人对着有些寂寞的夜,街上充斥着喧嚣,只是那样的氛围并不属于这里。我所拥有的,是月色如水。它皎洁纯净地挥洒,内心也变得平静。

小院里,只有背后屋内照射出的渺茫微光。

彼时虽然年幼,却也喜欢这样沉寂的夜。因为只有我,以及另一个我。这两个身影陪伴我度过孩童时代。人愈长大,内心挣扎着的压抑就越发让人窒息。

也唯有这一方院落不会给予那些压抑,我们平等地享有夜晚、夜光。真正来自内心深处的万籁俱寂,可能还会有一些星星闪烁着,透过茫茫的夜却依旧让我能够触及的那份异乎寻常的炽热。

所有人都谈论着,谈论着他们并不了解的生活。唯独我不关心,我无所谓发生了什么,享受一年又一年烂漫的时光。享受着，孩童时代小小的天空。

有时候，风呼啸着吹来。凉意四起却还是坐在那，烟花四溢的光彩似乎那么切近。我伸出手，在指缝中凝望着。也淡淡地笑着。

祖父总缓缓地、小心翼翼地踏入这片我的土地。他宠溺地看向我，抚摸着我。我的眼中满是七彩的夜空，我抬起头，朝向他。祖父少有地笑了，笑得很深。

院中，锁着我们祖孙。祖父的笑很好看。

有时候，在梦中清醒，窗外会是一片纯净。那一刻的时光才是真的安宁，我总迫不及待地踏入院中。松松软软地踏着雪，我惊奇地望向那一排晶莹剔透的冰铃铛。透明的，涤荡了内心的尘埃。我笑着指着它们看向身后的祖父，他摘下来放在我的手里，笑得很干净。

院中，停留着我们祖孙。祖父的笑永远纯净，那眼神总能有一丝从内心燃起的温柔，萦绕着小院，以及院中的我们。

有时候，岁月总那么不近人情。它残忍地凝视、审判着每个人。我错过了很多人的交集，他们也注定回不到我的生命。这小院，竟也那么哀伤似的。我坐在台阶上，变得很委屈。我不能把眼泪留在这，喉咙口有那么一丝冰凉。我，哽咽了。

终于，世界用漫无边际的黑暗把一切笼罩。我感觉不到那温柔，我甚至感觉不到自己的情绪。那一夜，一切都显得无比漆黑。

梦中残留着太多感慨，神回故土。所想起的是那一晚，一个孤独的孩童，晶莹的冰铃铛，万籁俱寂的安宁，都随着祖父的离去从此没了。

  我拥抱着孤独，止不住思念的惆怅。没有谁永远陪伴谁，我终究明了了。

  我踏出这一方小院，去迎接更广阔的天空。

指导教师：张　瑛

传　承

◎吴吉祥

那朵莲花，静悄悄地绽放着，像天边的一片浮白。

爷爷是个画家，可父亲、叔叔、老伯伯却都不是。当然，我也不是。

小时候，常住在爷爷家中。那时候，爷爷天天在家作画，水墨画。一张宣纸铺开在木板上，旁边青花瓷色的瓷碟上挤着点儿颜料，毛笔轻描淡写地勾了几画，一幅图便跃然纸上。我常常在一旁看得兴起，便抄起蜡笔随手拿过一张白纸涂鸦，各色线条乱飞，画不成画。可爷爷喜欢，常常观摩我作画，用他那充满皱纹的手搭在我的小手上轻轻地引导，画出几道优雅的弧线。那时小孩子心性，每作完一幅画偏要用蜡笔涂抹掉，弄得爷爷哭笑不得。

后来学业日益繁重，再没去爷爷家常住过。爷爷和奶奶的关系本来就不好，我走后矛盾便开始加剧。每年年夜饭都能听见奶奶指责爷爷的话语，父亲在其中调解，爷爷却坐在一角沉默不语，萧瑟的背影像融进黑暗里，慢慢地趋着光线走远了。这时候我总是只顾埋头，不发出一点儿声响，也极少与他交流,他越来越像是空气,而我再没有拿起画笔。

有一阵子,他拼命地出门去写生,画园林,画护城河,画龙舟,每次我一来就拿给我看。可我哪里是个懂行的人呢,加上代沟严重,竟是一句话也没说出口。他大抵慢慢地绝望起来,没再继续给我看画,画笔似乎也少有触摸。后来因为和奶奶的矛盾激化,他搬去了养老院,我去那瞧了一次,却也只是坐了十多分钟,又匆匆离去了。现在想起,只觉得自己过分。

去年的时候,他亲自上门带了两幅画来,我从他皱纹密布的手中接过,当初的小手却已与他的手一般大小了。我请他进来坐坐,他似乎很是高兴的样子,问我这两幅画好不好看,我沉默半晌,最后还是吐出好看两个字。他脸上高兴的色彩又更浓了,忙接着问,你想不想学画画啊,声音里饱含期待。我觉着这问题问得突兀,直白地摇了摇头。他的神色一下子委顿了,没坐几分钟便离去了。他走的时候很是失望,像是期待多年的事情最后竟无结果。

他大抵也知道,我这个年纪不太可能会再学画了,只希望我说声愿意让他心中有个安慰。可我却毫不留情地拒绝了。

我打开他给我的画,是一尊观音,下面是一朵莲花,静静地绽放着,像是凝聚了他所有的期许。画下有一行小字,书"祝孙子学习顺利"。

我把画贴在心口,不知为何心中一酸。他最终也没把画技传承与我,可我却知道那画里的传承,是对我的爱。

指导教师:严爱军

聆　听

◎张莉玲

时光荏苒，雨落隔岸，曲水弯弯，陌上谁家，听听那花落的声音。

闭上眼，窗外一片寂静，偶尔一辆飞驰过的汽车打破了夜的宁静，我沉下心，总觉着少了些什么。入梦之前，我终是想了起来，这悠长的夜没有了悠扬的琴声。

初次听到是在一个落雪的夜，窗外寒风呼啸，望出去只看得见路灯发出暗黄的光。后半夜，风停了。睡意慢慢席卷，窗外却是传来一丝一丝的琴声，轻柔的小提琴声，在静默的夜里似乎显得格外悠长，像一只温暖的手，慢慢抚去心头的寒意，我终是做了个好梦。

第二天的阳光很是灿烂，雪悄悄地融化。当我在楼下晒着太阳再次听到琴声时，我心中慢慢明了，昨夜并不是一场梦。不似昨夜，我这次听到的琴声轻快活泼，在阳光大好的冬日里，像一只轻快的麻雀，挠得人心头暖暖的。循声望去，我看见一位老人家站在不远处的雪地上，目光缓缓地注视着前方。他前方是个有些消瘦的人，坐在轮椅上。

接下来的好几个早晨，我都看见了他们，我终于按捺不住心中的好奇上前询问。坐在轮椅上的老太太笑得很慈祥，慢慢地说："人老了，不中用了。我先生年轻的时候学过小提琴，也拉给我听过，前些日子，就是突然想听了……我半夜睡得浅，我先生为了让我睡得沉些……呵呵，你听到了吗，没吵到你们吧……"我望着她眼角的纹路，轻声说了句并没有。

在以后的几个星期里，每到深夜，我都会静静聆听那悠扬的琴声，像一泓温泉，慢慢驱走冬日的寒冷。又是一个下着雪的夜，琴声戛然而止，我猛地睁开眼，过了好一会儿，那琴声才慢慢响了起来。第二天是个灿烂的冬日，我却没有听到琴声。过了几天，附近一户人家办起了丧事，吹吹打打的。而我，那天以后，再也没有听到那琴声。

夜寂静得有些吓人，我站在窗边，看着雪片落下，似乎连风的声音都听不到了。我静静地聆听，却似乎还能听到那琴声。在这个寒冷的冬日，这对夫妻的感情默默地温暖了我。铅华褪尽，繁华落尽，当初的热恋已不再，留在心中的只是淡淡的温情，却又有多少感情能像这样。深夜里的琴声，是那位老人家对他妻子的爱与关怀，人终究抵不过岁月，他只能用自己的方法，在妻子夜不能寐的时候，缓缓拉起琴弦。

侧耳聆听，透过这琴声，我听见了雪落的声音，我听见了那句"春风十里，不如你"，我听见了那跨过生命长河的爱恋。

指导教师：严爱军

脚踩土地，追随远方

◎王梓萌

回不去的是故乡，到不了的是远方，到不了的故乡亦是远方。年少时肆无忌惮地畅饮与奔驰以驱散内心的荒芜与寥落，出走奔驰流浪，期冀从远方带回一粒种子，守得一方花开似锦；从远方带回一根野草，筑得一方暖巢栖息。

无论为何出走，心中始终怀有故乡。不管是过去还是现在，追随诗与远方亦能回到脚下的土地。

也许有人会说，年轻人在受到诗与远方的晕染后便不会回到家乡，其实不然。"诗与远方"与"脚下的土地"的关系并不如"月亮"与"六便士"。余光中曾写过"小时候，乡愁是一枚小小的邮票，我在这头，大陆在那头"，而当时光悄然流逝，一抬头，惊觉天际灿然的金边早已触及，远方梦幻的壮阔早已体验。前行于一望无际的原野之上，树梢闪着颓唐的残阳。蓦然回首，却发现出走故乡时沏的那碗茶仍未凉，于角落氤氲着清香。院落的老槐树依旧是老模样，每一条裂纹都明朗清晰，伴着绿湖构成最诗意的模样，苍翠的树叶随风飘落，在风中辗转，最终停滞在岸边悠然安静，或席卷山头，盘旋坠落，堆积在山谷一世安稳，这边是归宿，便是乡愁在人们心里的映射。

《平凡的世界》中孙少平高中毕业，离开家乡后成为工人，他追随着心中的"诗和远方"却也不忘脚下的土地；孙少安从小便在村中劳作，他的"诗和远方"便是砖厂。他在故乡也追随"远方"。

为什么这两者不矛盾呢？究其根本，在于"诗和远方"的复杂性与"脚下的土地"的永恒性。"月下飞天镜"的月是李白的远方，可"床前明月光"的月也是李白的故乡；"少年不识愁滋味，爱上层楼"，这楼是辛弃疾的远方，可也未尝不是他的故乡？"诗与远方"并不拘泥于离开家乡，而更在于精神的追求。但无论到哪里，心中总会将那个最柔软的角落留给故乡。

若"诗与远方"和"脚下的土地"的关系一定是"月亮"与"六便士"的话，那便捡起"六便士"，再去追寻"月亮"。

指导教师：胡琳琳

八　步

◎谢阳光

　　突然想去樱花大道，十里长的樱花大道。

　　十里的樱花啊，想想就觉得美：残阳如血，日近西山，给每一片花瓣都镀上一层粉红的迷幻的雾气。漫步在这粉红的帷帐中，得踮着脚，小心翼翼地、悄悄地，不然会扰动栖息在树上的那些粉红的蝴蝶。每走一步都有暗香萦绕身畔，蛮不讲理地闯入你的鼻腔，一步步融化你的心。风起了，伴着满天霞光纷飞，仿佛一场火红的、艳极了的大雪——世上本不该有此般绚丽的雪。是蝴蝶了，火红的蝴蝶在空中用生命演奏出的，倾尽所有的美的乐章。风止了，伴着乐章落幕，漫天红蝶轻柔地飘卷而下，无悔地、温柔地抚摸着我的脸和身下的土地——真是奢侈，这片土地能永远地享受着红蝶的亲吻。这生命的，最后的馈赠。红得能燃尽你所有思绪。

　　可那终究是幻想。繁重的学业总是压得人喘不过气。白得刺眼的试卷总能刺穿一切不切实际的幻想。仿佛连一个下午的时间都偷不出来，去度过半日悠闲时光。

　　天可怜见，在我门外留了一条小道，没有樱花，也没了一整个的春天。只有昏黄的地板，但诡异得让人驻足其中。

那是我的房门到母亲门前的一条小道，八步远。

这八步没有樱花飘落，没有浮生半日闲，似乎就连自由也遥不可及。但是却有着比这一切更胜的东西。

它有历史与时间的痕迹。磨痕是见证者。还有什么呢？有果香氤氲——水果香气与墨香一同沉淀；有温牛奶的热度——每晚风雨不动的温牛奶；还有狂风暴雨、乌云密布——但那总是暂时的，之后便会让躲起来的太阳升起，伴着一道心醉的彩虹。

它仿佛是永远走不完的。一幕幕蒙上灰尘的记忆，带着时间发酵的香气，总是浮于两旁：稚子蹒跚学步，身旁总是有一双温暖的手护着；顽童撒泼打闹，身上总是有宠溺的目光停留；劣儿无理取闹，身后总是有一串泪珠滴下……

幻想着时间会暂停，再不济也请走得慢些。但在这条路上，传来的还有些许心碎的咳嗽声，留下的还有些许令人心惊的白发。

这条路上只有这些了，没有樱花飘落，没有浮生半日闲，似乎连自由也遥不可及。

但又好像，在这八步中，原有着胜过一切的、最美好的东西。

指导教师：陈晓涵

重

◎左 越

江北雪漫漫，遥知故人难。

江北不似江南那般柔暖。每每冬日来临，北风便裹挟了来自西伯利亚的寒气呼啸而来，碾过田野，撞过松柏，卷集了凝滞的乌云，铺下了厚重的白毯，无声地隐没了江北。多重啊，好重的冬天。

雪掩了墓碣多久啊，化了又掩，掩了又化。

你在一个冰天雪地的夜里挑了担子远去了，空留我在泪眼蒙眬中循着你被担子压弯的背影徒自呼喊。你回头，慈爱地对着我笑，却没有停下匆匆远去的脚步。

"妞儿，担子太重啦，姥爷要去挑啊。"

岁月的拐角里，流年的长河里，藏了太多同样的话。

我没有听懂……

只记得你总是挑担子，担子两头挂两个筐子，筐子里总是盛满了玉米、油菜、土豆和麦子。你的大手牵了我的小手，慢慢地沿着长长的田埂走。我问："姥爷，我们还要走多远哪？"

"快啦，快啦。姥爷把筐里的东西卖了，就能给妞儿买花裙子啦。"

那时我真是聪明过头，只想着花裙子。你淌汗的古铜色的面庞，深邃的经了风霜的眼睛，永远浮着慈爱笑意的嘴角，我那时可有像在意花裙子那般在意过吗？我又有在意过你肩上的担子有多重吗？

年华碎影间，浸透了时光的温暖，竟是你掌间硌人的茧，还有你眼角深刻的褶皱……

在心头，在心头。往事如烟，这一切却如磐石，沉重地压在我心头，压在你直不起来的背脊上。

不久，父母接我去江南的城市读书。去江南的那天，老家下了一场大雨。雨声如雷，震耳欲聋，我听不见你低声的呜咽。踏上长途车的我太小了，辨不清你面颊上的是泪、是汗、还是雨……后来我才知道，江南多雨，江北并不多雨啊。

多雨的江南，粉墙黛瓦，流水人家，吴侬软语，昆曲悠长……人人尽道江南好，唯有我知，江南水乡，鱼米凄迷。只有江北的人与原野藏于晓梦，在水一方。我总情不自禁想起江北长长的田埂、厚厚的白雪，还有年年站在小院门口守候着风雪盼亲人归来的你。

我们很多年没有回江北。年年岁岁，岁岁年年，冬日对待长江南北并不公允。江南不常下雪，江北的雪从未缺席。长居江南的我鲜少淋过雪，我永远不知道江北的雪有多重。直到我在墓碣前流下愧怍的泪，我依然没能看透落在你生命中的雪，它太重了，太重了……我看不透。

雪白，雪净，但鲜少有人知晓雪有多重。

你担上的筐，装的可是不知其重的雪？

五六年后，我的双足终于踏上江北的冬野。

田埂长长，小院依旧，难得没有下雪。

一想到要见你，我心里就像有只白兔欢腾地跳跃。当你的苍苍鬓发映入我眼帘的那一瞬，那只兔儿安静了下来，蜷缩成一团。若不是你那双深邃的经了风霜的眼眸依然炯炯有神，我还以为矗立在我面前的是一棵老态龙钟的古树。

你笑得开怀，像个孩子。熟悉而又陌生的和蔼声音重重地撞击着我的耳膜："妞儿回来啦，都长这么大了。"

暖流冲上了心，我顺势扑到了你的怀里，想掩饰将要夺眶而出的热泪。你慈爱地抚了抚我的头，我却不知，你的棉衣藏起了瘦骨嶙峋。

那年的年夜饭格外丰盛。狼吞虎咽了好一阵后，我开玩笑道："这比光吃油菜和麦子好多了。"

欢笑之余，我却没有发现你强颜欢笑时隐在眼角的黯然。那是你曾经历的、你曾热爱的生活，我看不见。那段艰辛的岁月，于你而言已然很重，于我而言将是什么？

…………

回到江南，又过了两年，江北的雪也接连不断。你身上的雪更重了……雪最终压倒了你。没有人在你身旁，没有人懂雪的重量，只有你绝望地在暴风雪中挣扎。

医生救活了你，你却再也认不出我。你已经被你生命中的暴雪吞没，我却来不及为你披上一件用愧怍与悔恨织成的、难以御寒的陋衣。

落在你生命中的雪，沉重地压在了你的身上。你从不告诉别人，只是孑然一身，穷尽生命的余热，落寞地消解无穷无尽的寒雪。

雪里藏的是不是血与汗？

没有人知晓答案，因为你从未对旁人讲过。

又一年，江北大雪。

你挣扎不动了，最后的余烬也被风雪吞没。我不知道是不是雪把你压入另一个世界的，我只知道你独自一人担了沉重的雪远去了，回头对我说：

"妞儿，担子太重啦，姥爷要去挑啊。"

岁月的拐角里，流年的长河里，藏了太多同样的话。

但我没有听懂，至今没有。

那天，北风卷集着暴雪，无声地隐没了江北，隐没了江北的人，多重啊，好重的冬天。

冰天雪地中，泪已成冰。在那个令我痛彻心扉的严冬，我听见了心灵深处某样东西支离破碎的声音。

你说，是轻是重啊？

…………

江北雪漫漫，遥知故人难。

指导教师：陈晓涵

身后的目光

◎唐雅雯

许久之后,我一个人靠着窗,微光洒在细长的笔杆上落下一个舞动在素纸黑字间的倩影。写到尽兴处一回头,早已寻不见那束温暖的光。轻声笑笑,奉一盏清茶。我只当它不曾离开。

那时,小小的眼睛里何时见过如此温婉柔和的美丽。一横一竖,一顿一扬,黑白之间牵丝优雅,婉转之处随处可见停云。我想写它的人必要有一双修长有力的手,于是便认识了他。

尽管那时他已中年,管理着这家墨香四溢的书馆,教授大大小小的孩子写书法,眉眼里满是快乐与认真。

他教我写字,习字之初带着我的手熟悉笔性,领悟字的灵动。时刻念叨:横竖要直,折处要有力,字要正。那样细致,用他的力量注入毛笔。比舞蹈更俊逸,比琴瑟更悠扬。

后来,我可以坐在凳子上写字。字里行间满是轻狂,毫无章法。他见了,必要拍拍我的脑袋,连声说:"细致观察,字有生命。"

待我终于可以有点儿模样地将那些喜怒哀乐揉碎了融合在那白底黑字之中，也见了他黑发染上的薄霜。每每习字，他走来时，我便要恭敬起身，把带着余温的笔递给他。看他一言不发地圈圈点点，有紧蹙眉宇的时候，也有舒淡微笑的时候，只是不再多言。

我终是长大了，他的发也稀疏了，眼角纹路又深一层。可他那双手，是没改变过的，如苍松一般充满生命。然而，他也很少拿起我的笔，再坐下圈点。

每每低头写字，总带着多种情愫。多希望得到他的理解，可终究，我只感觉他在我低头的时刻，静静地站在我身后。或许时而双手背起，眼神越过我的脊背，落在那一点一撇的柔情上；或许要从口袋的烟盒里摸出一支烟，咔嗒一声燃起火苗，也燃起那支烟的生命，他的脸在缕缕青烟中模糊，看不真切。此时，我感到他的气息，他的脚步，却再没能等到他写完后将带着他的力量的笔递给我。

我以为是这些字不再美丽。可他又在亲手教着当年像我一样的孩子，我不懂。

时光荏苒，那些青葱岁月总是流淌得很快。我早已习惯他在我身后静默立着，习惯那一股缭绕的烟草味穿过时间的长河，萦绕在墨香之中，经久不散。或许上善若水，无言即大美。我终究还是感觉到了那束光中独有的温暖、期许、沉思，抑或蹙眉。

临走时，我看见一个孩子牵着母亲的手飞奔进来，满眼新奇。我微笑着侧过身为她让出路。

在那扇吱呀作响的原木门关上之前,我分明感到那一束熟悉的光,目送我离开,迎接未来。

指导教师:严爱军

高傲背后的张狂

◎徐苏恒

再次看你的脸,竟又让我想起了你的文字。

我不喜欢你的文字,但我喜欢你近乎轻蔑的高傲。

你有着东方女子典型的相貌,精巧的五官,柳叶似的细眉,额前从容垂下的几绺黑发。

你可以是你笔下的很多人。是白流苏,是顾曼桢,是曹七巧。

我却喜欢你的脸。你不属于女子的眼神犀利背后带着嘲弄时代的颜色。

人们批评你的刻薄与病态,甚于说你神经质的残忍。他们看不出你柔情的一面,可你终究是个女子。你说生活像你从前的老佣,叫她找一样东西,她总要慢条斯理,从大抽屉里取出一个花格子小手巾包,去掉了别针,打开来,轻轻掀着看了一遍,照旧包好,放还原处。

你这时是《爱》里身穿月白衫子的少女,你有爱情,但只是等待。其实这样很好,你的容貌是安详的。

然而毕竟不是这样。你说你的童年是在"天才"的名号中度过的,可是在《私语》中你又承受着父亲的毒打与姨太的刻薄。在这个离异而又破碎的家庭里,你故作镇静地描绘着父亲的花瓶砸向你额头时的痛感,以及黑屋中逃脱不出的恐怖的疟疾症。

出来时,时代已弃你而去。

但是为何你能如此高傲。你毕竟不流于悲哀。你能戏谑地嘲弄战争,就好像这只是匆匆经过你的时代的车,生出白流苏与范柳原的故事。原来你锋利的眸子是能洞察人情世故,你能想象旧社会女人的病态,想象身为女人的不幸,想象诸般不圆满中的圆满,正如你自己在爱情中的角色,刹那幸福后的毕生痛苦。

所以,你的高傲是你的残忍,你的残忍是你的伪装,你的伪装是时代的给予。你的给予却是对时代的不留情面。

胡适先生来看你,两人往黑漆空洞的客厅里走去,胡适先生直赞这地方很好。坐了一会儿,一路出来四面看看,仍然满口说好,分明是没话找话。

你送他到台阶外,天冷,你没穿大衣,却也和胡适先生在凉风中站了许久。最后一次见面,你刻薄的笔力并没有捅穿什么,即使内心明了,仍尊其为"偶像"。

其实两个世界,英雄迟暮。你对傅雷却没有如斯情面,你在《殷宝滟送花楼会》中描写了傅雷与女学生相恋却不在一起的故事。你喜欢揭开人心的疤,让血流淌,或是让阴暗面一览无余。

你太冷血了,但你高傲的眸中闪着泪光却不叫人看见。你在任何事情上都绝对精明，在感情上却单纯得像个孩子。你的脸是中国女人的脸，是林黛玉、薛宝钗、柳如是的脸，一个个写着狼狈与折磨、不幸与隐忍、渴望与绝望的脸。钱锺书的脸不同，嘴角总有一抹嘲弄的笑，但总有一丝狡狯的保留，不像你诚实得近乎残忍，眼光毒辣。

我不喜欢你，别人也不喜欢你。我们是恨的，仇恨的，厌恶的。

是吗？你看透了我们，我们丑陋，我们平庸，我们俗不可耐，所以对你的直白恶心。

你说时代的车轰隆隆往前开，我们在玻璃窗中看见自己的脸：渺小、愚蠢。

你为何如此残忍解剖自己。痛感凛冽。

某人曾与我讨论尼采，她说："尼采并没有早生一百年，否则他也不会是尼采。"我说："尼采并不希望自己生在一百年前，也并不想成为尼采，庸人与天才，他选择庸人。"你亦如是。

指导教师：严爱军

真珠舍利幢，姑苏文匠心

◎缪心宇

"北宋年间事，允升与十娘，潜心细打造，铸就美宝幢。堪称无价宝，守护暗珍藏……"

彳亍于苏州博物馆的长廊，历史从指缝间徐徐淌过。本无意细思每一件藏品沉淀其中的或深或浅的文化神蕴，却蓦然被那宝幢迷了神。

细看宝幢台座，外层栏杆的八根栏柱顶端皆缀着银丝串珠勾连而成的白莲，花下是澎湃汹涌的滚滚浪涛。一朵朵金丝描边的白莲似从未被这望而生畏的骇浪惊扰，在起伏的浪涌中优雅挺立，在暖光的照射下璀璨夺目。而那浪涛在莲影中显得深沉黯淡，纵使其一再翻涌，也无法动摇那莲一丝一毫。一静一动，一明一暗，在无声中巧妙地融合，似古朴的江南小调，既显示出断续相间错落有致的节奏，又呈现出一种强弱对比绵长不绝的旋律。

茫茫思绪在心中泗漫开来，无所羁束地延伸到了时空深处，我也仿佛成了那白莲中的一朵，随着浪涌奔流千万年之久,忽明忽暗间——一扇花窗渐入眼帘,几步之内,竟是那尚未完工的真珠舍利宝幢和三三两两的姑苏匠人!

真珠舍利幢一座,至宝奇珍闪光芒。姑苏工艺传千年,绵延繁盛世无双……

弹词悠悠入耳,环顾四周,在绵延千年的吴门风韵庇佑下,这里没有想象中的热闹杂乱,反而苏州城中的千万人民格外从容安静,耀眼璀璨的宝幢在人们平淡的生活中似也收敛起光芒,与苏博中的展品大相径庭,别有一番神韵。

姑苏匠人凭一双双自水田而出的手,在油漆脱落的窗口前,不发一语,创造出一个震惊千年的奇迹。那宝幢也不负众望,从世纪的硝烟中跋涉出来,穿过厚厚的历史尘埃,站在了后人面前。细看一座座栩栩如生的佛雕,一束束熠熠生辉的鎏金串珠,一丝丝微不可察的描金图腾,那朵朵白莲,在姑苏的人间烟火中悠悠盛开,我第一次切身领悟到姑苏匠人们散淡安逸的生活态度。

《说文》中有言:"匠,木工也。"如今的"匠",已成为心思巧妙、技艺精湛、造诣高深的代名词。头枕古运河而眠的姑苏城使其孕育的姑苏人自出生便温润如水,心思细腻。看淡了流水的消逝与重生,浸润在甜糯的米香中,耳濡目染,渐渐促成的不疾不徐的性情似天生的匠人,精益求精在此不是刻意为之,而是一种本能,一种如潺潺细流般的细腻本性。

因此,姑苏匠人已经超越了工具理性而步入价值理性的审美境界。这也恰恰印证了朱光潜先生曾提出的"无言之美"，与"有之以为利，无之以为用"。道家所追求的"有无相生"有异曲同工之妙。宝幢的铸造，初心起于对天地万物的赞颂与敬仰，在"无"所欲的纯洁中却又无不展现着苏城匠人"天人合一"的精神丰盈的"有"。正是这"无"使它在穿越千年仍疏离于世俗的物欲，越发神圣高洁，给人以灵魂的洗礼、思想的浸润。

驻足许久，忽闻一人说道："不知这宝幢能被多少人看见……"我多想走近告诉他们，如今的宝幢在新一代苏州匠人手中重生。走近它，后人似能听到它绵长的呼吸，热切的呐喊，姑苏工艺依旧活着，传承从未断绝！

但无论我如何呼喊，如何走动都无法将我的回应传达。终是不愿打扰这一方专注与宁静，只能作罢。于是乘着手摇船，顺流而下，但心中仍为他们无法知晓后世姑苏匠心的传承而稍感失落。极目远眺，苏城风光尽收眼底。倏地，被一团温柔缱绻的紫藤香牵引了心神，再睁眼，竟来到了明代的拙政园。

一位素衣老者立于紫藤之下，潸然泪下。身旁案上，是苏轼《洋川园池记诗》的临作。震惊之余，我想，这位老者大抵就是文衡山先生了。

嘉靖年间，文徵明辞官还乡，不料好友唐伯虎、祝枝山相继离世，常叹世事无常，吴中四大才子独剩其一人。适逢好友王献臣拙政园建成之际，故地重游，两位年过花甲的老者在园内几巡推杯换盏，感慨人生万千。文徵明借兴临苏轼《洋川园池记诗》，亲手植下了这株紫藤。

缓步走近老者，立于文藤之下，那蜿蜒逶迤的藤蔓似文徵明矫若惊龙的书法，沾染了清雅的文香，游走着异于凡尘的灵气，亦纠缠着漫漫人生的坎坷。谁又能料想，眼前这初开的紫藤在日后奋力外延枝干，穿透历史洪流的桎梏，坚毅地扎根于拙政园的一角，深深地种在了一代代吴人的心中，与时代的春风纠缠着，点染出一片酣畅淋漓的紫色浪涌。

老者发觉我的到来，只浅浅行礼，轻声道："愿这株紫藤能延续，也算了却我一桩心愿。"

"它能做到——"

话音未落，时空流转，渐进的脚步声预示着我终是回到了现世。周身似仍存留着紫藤的幽香，花窗内的宁静，衡山先生的期盼，久久萦绕于脑海，无法忘却。

恍惚间，一片紫藤叶自肩头滑落，我幡然醒悟，这是他们的回应。他们本就知道，知道姑苏匠心将在后世传承，知道吴门风骨为后人尊崇。

不只是当代的我们，千百年前的每一代姑苏人又何尝不是在坚守、传承着姑苏的风骨雅致？不论是宝幢白莲，抑或是手植文藤，不都是对一代代江南文人赋诗作文、抚琴高歌的精神享受，卓然独立、孤芳自赏的道德节操，避尘世喧嚣、不受世俗羁绊的生活情趣的传承吗？

"文脉不灭，薪火相传。"两千年来的朝代更替、战火纷飞也从未埋没他们坚韧的身躯。吴门文人之风骨穿透历史的层层桎梏，深深潜埋在了苏州的每一座城、每一条河、每一方人家。

"他们是一种'遗民',永远固执而沉默地慢慢走,让你觉得许多事情值得深思。"我想,真珠舍利宝幢、吴中文脉、姑苏匠心亦如此,隐藏着的万千星辰仍等着我们去挖掘、去传承、去创新。

寄语苏城风日道,明年春色倍还人。愿我们都能延续苏城的闲适与超然,暂且放下心头的名利,细品姑苏,做一个水汽氤氲的梦。

指导教师:胡琳琳

深秋叙，竹笛韵，民乐音

◎秦午言

"寻寻觅觅，冷冷清清，凄凄惨惨戚戚。"这是李清照诗中所见的深秋。

元代赵孟頫的《鹊华秋色图》疏林屋舍、洲渚芦荻，红树芦竹，渔舟相伴，这是画中所见深秋，我们常于诗画之中所见所感深秋之美、之萧瑟、之凄清、之悠然，常用双眼看秋、观秋、赏秋，然却极少从乐曲之中以乐知秋、以听感秋。可乐曲中的深秋之感却并不比诗画中的少，甚至更甚，比起诗中字里行间的深秋之意，画中漫山遍野的秋景图，乐曲中的深秋似更多了些瑟瑟秋风声，使人心向往之。可深秋之诗画常见，深秋之曲却不常听。然而，不常听却不意味着无，只是鲜有人知。竹笛名曲《深秋叙》就是一首作于深秋，绘秋景、感秋意的曲子。"吹笛秋山风月清，谁家巧作断肠声。"用这句忧愁的诗句来形容《深秋叙》这首作品一点儿也不为过。该曲以扣人心弦的音乐语言展现深秋之景，以哀婉凄切的笛音表现了深秋之意。

曲篇引子，大 A 调竹笛发出沉闷之音，与往日竹笛清脆灵动之音不同，恰似瑟瑟秋风声，低沉凄凉。吾听之，恰似身处于深秋时寂静无人的夜晚，深秋寒夜银河静，月明深院中庭，看满地黄花堆积，耳边笛韵悠悠。

随着乐曲流进，笛音不再似引子时的那般低沉浑厚，却依然给人一种"无边落木萧萧下，不尽长江滚滚来"的凄凉萧瑟之感。这笛音似有说不完的忧，道不完的愁，然随绵长低音后，是高潮句，经过伴奏变成朴素的弱奏，是一段以笛音仿箫音的乐曲，空灵的箫音从笛孔里流出，"秋月照高林，寒风扫木叶"月夜下寂寥无人的林间传来阵阵凄楚的箫声，于簌簌秋风中更显凄凉。笛音仿箫音，乐曲层层推进，转瞬间进了欢快灵动的小快板，似山间清晨的虫鸣鸟叫，箫音再变回笛音，一个个活泼欢快的笛音随指尖流动，从笛孔里飞泻而出，一改先前之低沉凄切。眼前之景，不再是满地黄花堆积的凄凉之景，而是几树枫杨红叶坠的独特秋景。

然而，曲子不会一直高潮，总有落幕收尾的那一刻，快板后仍是低沉浑厚的笛音，这《深秋叙》又变得凄凄切切起来，似是《九歌》中那吹落洞庭湖边木叶的簌簌秋风，又似那三峡里空谷传响，哀转久绝的猿鸣，曲篇末尾，其以独特的吹奏之法展现了萧瑟冷冽之秋风，犹如千年古刹回荡于绵绵群山翠柏之中，似是有叙不完的忧愁、苦闷与哀伤。数村木落芦花碎，几树枫杨红叶坠。路途烟雨故人稀，黄菊丽，山骨细，水寒荷破人憔悴。白蘋红蓼霜雪，落霞孤鹜长空坠。依稀黯淡野云飞，玄鸟去，宾鸿至，嘹嘹呖呖声宵碎。

叙述人间喜怒悲欢,述说远古至今思绪万千,静静细听,闭目沉思,犹如身临其境。

一曲听罢,余音绕梁,我沉醉于这悠悠笛韵之中,久久无法自拔,直到我真正以耳、以心去聆听一曲笛音,一首民乐之后,我才能切实感悟笛音之韵味悠远,民乐之意境无穷。

如今,我才知为何杜甫会在他的《吹笛》中写道"吹笛秋山风月清,谁家巧作断肠声",我才了解为何李贺会写出"昆山玉碎凤凰叫,芙蓉泣露香兰笑"以赞誉箜篌音之美,我才知为何白居易能写下"大弦嘈嘈如急雨,小弦切切如私语"如此千古名句,我才知道为何古时有高山流水觅知音,伯牙绝弦,我才知为何古时会有那么多赞颂笛音之清脆悦耳,琴音之婉转动听,箫声之如泣如诉,这并非仅是因为这些诗人的才情,更是因为这些乐器其本身的清心悦耳。音乐中蕴含美感,能使人心性娴雅,深思清爽,怡然自得。

如今,古典之物消亡,自然之美消逝。人们再难见何为"秋风吹木叶,还似洞庭波"。洞庭湖旁不见万条垂下绿丝绦的垂杨柳,而见摩天大楼鳞次栉比。这一幢幢矗立的高楼,拦住了袅袅秋风,遮蔽了皎皎月光。在那一幢幢高楼拔地而起的同时,湿地在缩减,滩涂在消失。如今的城市,连一处真正的土地都难觅了,地面早已被水泥、柏油、沥青和钢化砖砌得奄奄一息,一丝气缝都不剩,人们再难透过土地闻到那书中所描绘的土地的芬芳,鸟兽鱼虫无枝可栖,无穴可居,无塘可游。

自然逐渐离我们远去,只余下霾尘浊日,黄沙漫天,泉涸池干,枯禾赤野。多少珍贵的动植物永远沦为了标本?多少生态活页从我们的视野中被硬生生撕掉？多少诗词风光如《广陵散》般成了遥远的绝唱？正是这些自然万物的消逝，我们再难从其中感受自然之美。春夏秋冬里，人们唯见拔地而起的高楼大厦，水泄不通的高速公路，又如何能于春夏秋冬中感春之生机，夏之蓬勃，秋之萧瑟，冬之寒凉呢？又何能于《深秋叙》中感秋之萧瑟凄凉，又何能于民乐之中感其韵味悠远。

不听竹笛音，不通民乐意，并非仅仅因为古典之物消亡，自然之美消逝，更是审美的衰退，感知的麻木。随着西洋乐流入我国，越来越多的人不再了解我国本民族自己的乐器，不再了解我们的民乐，不再重视他们，这些乐器的知名度在一点点下降。而其自身的荧光点点被掩埋在了时间的洪流之中，逐渐变得暗淡无光，不复往日之神采。人们不再知笛几孔、箫几孔，不知琴几弦、筝几弦，不知箜篌与竖琴的区别，更不知何为编钟、扬琴等，却知道钢琴有52个白键和36个黑键，共有88键。

传统场景的缺席，不仅意味着如民乐一般的风物之夭折，更意味着众多美学信息与精神资源的流失。审美的衰退，感知的麻木，终将会使人们对那些古典传统美学元素和人文体验彻底不知就里，如堕雾中。西洋乐的流入，使人们更加沉溺于西洋乐之中，人们沉溺于小步舞曲的温文尔雅，沉溺于交响乐庄重宏大，沉溺于协奏曲的丰富多变，在这极具表现力和戏剧性的西洋乐曲中，人们的审美不复古时文人雅士的"清风明月，雅俗共赏"，审美的衰退使人们难以从民乐淡泊、含蓄、典雅的意境中感悟音乐美学，人们难以同古人一般融实入虚，超越音乐的限制，亦不会大胆想象那美轮美奂的意境。人们逐渐忘记了"琵琶一曲肠堪断，风萧萧兮夜漫漫"，忘记了"二十四桥明月夜，玉人何处教吹箫"，忘记了"谁家玉笛暗飞声，散入春风满洛城"，这是民乐的凋亡，亦是审美的衰退。

在市声鼎沸、霓灯狂欢的不夜城里，那养耳的寂静，养眼的清疏，又何处寻？

贝多芬曾言："音乐，当使人类精神爆出火花，音乐是比一切智慧、一切哲学更高的启示。"音乐给人带来的从不仅仅是听觉上的满足与欢愉，更有心灵上的慰藉。我们于音乐之中感悟虫鸣鸟啼，于音乐中感受花开花落，于音乐中感悟万物之生长。

音乐，何其独特而特殊的一种语言，它以一个个音符串编成一首歌曲，而我国的传统民乐更是仅以宫、商、角、徵、羽这五声调谱下一首首千古流传的曲篇。这样的音乐不应被历史的长河淹没，更不应凋零于人审美的衰退与感知的麻木。

《深秋叙》叙的又怎只是这一方凄凉之秋色，其更是以这低哑凄切之笛音，续民乐之逐渐凋零。这是秋的哀叹，亦是民乐的呐喊。愿如今的我们能不失古人的审美，亦不忘古人的呢喃，于凡尘琐事中侧耳倾听民乐那从千年前走向我们的声音。

指导教师：胡琳琳

戏声悠悠，生生不息

◎高蓓怡

在记忆的深处，那位唱戏人的形象已经变得模糊不清。我只记得那是一个宏大的红木戏台上，台下三五成群的人们围坐在一起，目光都聚焦在那位唱戏人身上。他时而高声激扬，时而低声呢喃，他的嗓音像是穿过了时空，透过历史的尘埃，让人陶醉。他的手势、他的眼神，都充满了深深的情感，仿佛他就是戏中的那个人，正在经历着那些悲欢离合。

那时的我，还是个孩子，对于戏曲的韵律和内涵并不完全理解，但那种深沉的情感和生动的表演却深深打动了我。依稀记得，当他唱至悲伤的段落，台下的观众也会跟着默默流泪；唱至欢乐的段落，观众们又会哄堂大笑起来，仿佛被他的表演带入了另一个世界。

然而，随着时间的流逝，那位唱戏人的形象在我的记忆中逐渐模糊。我试图回忆他的面容、他的嗓音，却只能想起那个宏大的红木戏台，和台下三五成群的人们。我开始怀疑，那是否只是我童年的一场梦，或者是我虚构出来的记忆。那是我第一次来到绍兴，带着对这座古老城市的憧憬和好奇。

再入绍兴，似乎是那样熟悉，古老的红桧木房屋和精细的雕花窗户，它们散发出的神秘气息仿佛让我穿越到了千年之前。然而，在这份庄重与古老之间，我却感受到了一丝莫名的伤感。或许是因为这些古老的建筑和文化遗产正在被现代社会的快速发展所遗忘，或许是因为我意识到这些珍贵的记忆正在逐渐消失。

行走在绍兴的小巷中，我感受到了这座城市的清寂。虽然游客熙熙攘攘，但一旦进入内部小道，游人便四散而去，只剩下我和这座城市的对话。时而有翠鸟在枝头鸣叫，似乎在寻找着同伴，不久便飞去。这让我想起了那句话，"鸟鸣山更幽"，在这个古老的城市里，每一声鸟鸣似乎都在诉说着千年的故事。

听说午后三点戏台处有人表演，我和家人兴冲冲地赶去。然而，当我们到达戏台时，却发现那里空无一人。

"力拔山兮气盖世，时不利兮骓不逝"唱戏人穿着华丽厚重的戏服，翩翩舞于风中，他时而高歌猛进，时而低吟浅唱，每一个动作、每一个眼神都充满了情感和魅力。他的声音穿透力极强，仿佛能够穿越时空，将那些古老的故事呈现在观众面前。虽然台下空无一人，但他却毫不气馁，全情投入地演绎着角色和情节。我被唱戏人的表演深深吸引，仿佛置身于一个神奇的世界。那些古老的故事和情感在我心中激荡起伏，让我感受到了艺术的魅力和力量。那一刻，我明白了，记忆并不会因为时间的流逝而消失，它只会变得模糊，等待着某个时刻被重新唤醒。那位唱戏人，他的形象，他的嗓音，他的表演，都深深地印在了我的心中，成了我记忆中最宝贵的部分。

听说那次之后，唱戏人因一次事故摔伤了腿，尽管岁月已经在他的脸上留下了痕迹，但他的眼神依然充满热情，他的嗓音依然高亢激昂。他站在那里，仿佛又回到了那个宏大的红木戏台，再次让我感受到了那种深沉的情感和生动的表演。

我曾问过他，为什么还要坚持，他微笑着回答："因为这是我的命，是我热爱的事业。只要我还能站起来，我就会继续为观众演出。"

我被他的话深深感动。在那一刻，我意识到，他对这一民间艺术矢志不渝的爱。

远处来了一行人，孩童被戏台旁的小卖部吸引住，久久不愿离去，大人们看了一眼戏台便又开始交谈，时不时裹紧身上的大衣。我不禁感到失望，但同时也为那些坚守在民间艺术舞台上的艺人们感到敬佩。他们或许知道观众稀少，但他们仍然坚持表演，因为他们热爱艺术，热爱这份传承千年的文化。

回想起早些年间的无知，我曾经看不懂那些千千万万的事情。但随着年龄的增长，我开始逐渐理解并领悟其中的真谛。我开始明白，那些民间艺术并不过时，只是被人们淡忘在记忆中，以至于逐渐消失。这些被遗忘的民间艺术，曾经风靡一时，它们是我们文化的根，是历经千年的瑰宝。

在这个快速发展的时代，我们应该更加珍惜并传承这些民间艺术。它们是我们的文化瑰宝，是我们民族的骄傲。只有当我们重新认识和尊重这些艺术形式时，它们才能重新焕发生机，继续在我们的生活中传承下去。

生生不息。

指导教师：胡琳琳

花千树今又开

◎钱鑫瑜

"咻——"一声清脆的尖鸣穿越云月,一阵金红色的流光从地平线升起,飞速冲向天际。那一点儿亮光在黑夜中攀升,待到与吴钩齐平。"怦——"它轰然炸开,千万朵银辉落为点点荧光,吴钩黯然失色。似风吹落火树,似万顷江河潋波翻涌,"东风夜放花千树",也不过如此了吧。

但辛弃疾口中的"花千树"究竟是什么?为此,我走向了确山。

打铁花——一种流传千年的非遗技术。始于北宋,盛于明清。工匠们把柳木枝置于一千多摄氏度的铁水中,击打至高空。铁水因力而散开,点点铁水化为金辉,自高空落下。在柳枝中翻滚,似落金满地,似花雨漫天,似星海满城。

而打铁花不仅需要铁花,更需要一个包含"一元、两仪、三才、四相、五行、八卦"的柳枝花棚。一个花棚,上下两层,立于天地,人立于内。在五方分别插上青、红、白、黑、黄五面旗帜对应五行。古人们将对美学的理解,世界的敬意,对万物的祈福融入其中。人们用柳枝托起对生活的期冀。但因逢战乱，天灾人祸。原本的柳枝花棚在纷乱中逐渐只存于人们的记忆内。如今，确山打铁花非遗传承人代表人物杨建军老师，寻访千里、考察古籍，兜兜转转十三年，才将其重现于世。

打铁花的花棚来之不易，打铁花的人，更是如此。一千多摄氏度的铁水如何能散落似雨，赤膊上阵的他们又如何能进退自如？所可查的资料，寥寥几行，而他们又是怎么从几行的字中打出火花。关于非遗传承的文章有很多，但平白的文字又怎能道尽学习的磨砺，传承的不易。是无数日夜的击打，还是咬牙到脱力的坚持；是"无他，唯手熟耳"的信念，还是在铁花炸开的一刹，内心的澎湃。

但一些的猜想都比不过现场的震撼。我踮起脚尖，视线穿过人群……

"开炉！"

炽热的铁水在雄浑的喝声中流出，陷入每一个柳木枝中。匠人们戴上画着八卦的头盔，赤膊拿起滚烫的铁水。

"呼——"

不同于烟花腾起的巨响，木棒击打的厚重随着铁花炸开而消散。那是花，是星子，是祈福，是引人内心共鸣的极致美学，是超出人类语言的美，是"东风夜放花千树"也不及的风采。匠人们一个接着一个，一棒接着一棒。一次次冲入夜幕，一棒棒铁花冲天。那不仅是美，是力量，更是穿越千年的光。他们在打之前也许只是普通的小伙，但当柳枝在星火中飘扬时，他们成了冲锋的将士，他们带着百姓的希望，把铁花打上天空。"以血肉之躯去应对炙热的危险，以一己之力去振奋所有人的心。"

不知道什么时候，泪水已无声流下。明明灭灭中，仿佛穿越千年又置身现世。那是我所找的"花千树"吗？那火花汇聚的巨大江潮，隔着千山万水，隔着旧年故梦，在长夜中向我奔来。裹挟着千年的传承，历史的厚重，人们的祝愿。

"我为烟火而来，却见万千星海。"

愿我们坚守，愿国泰民安，愿花千树今又开……

指导教师：张　瑛

剑

◎尤诗语

他迷茫，他求索，他将手里的那把剑，轻轻放下；他愤慨，他无奈，他将砚旁的那把剑，轻轻提起。

彼时，他正年少。

十七岁的他没能在那场战役中砍下敌方首领的头颅，面对朝廷的压力，敌人的压制，世界的质疑……他失去了人生中的第一把剑。他开始逃亡，被迫转移到一个人生地不熟的地方。向来时的方向望：云卷云舒，山川和美，层林尽染，水天一色……他看得入了迷，回过神来时，才意识到，那里已经不属于自己了。

一颗漂泊的心在南宋诞生，他孤独，他失意，他再也不可能拿起那把剑了。于是，他开始怀念过去：自己也时常看到这番景象，却在不同的时候，有着不同的感觉。

他想起小时候练剑的经历。山上的日日苦练压得他喘不过气，挥剑的手似有千斤之物，越来越沉重。他知道自己累了，坐着，无意间抬头一望——整片天空就如海，云朵在其中翻腾，成了一朵朵浪花，而飞鸟穿行其间，如英姿飒爽的勇士，一往无前。他记得很清楚，自己心中的某种感觉愈发强烈，便猛地一下站起来，不顾身体的酸痛，剑指远方。

他也记起他带兵出征的经历，骑着骏马，勇往直前，双方鏖战，不相上下。直到，他将那把剑，架在了敌方首领的颈前。此刻天空中云卷云舒，欢呼着，庆贺着，他的心里，也舒爽了。

一切美好都如烟云消散而去，可他心中的那份荣光却未曾消失。他坚信，失去的那把剑，还可以再找回来——只不过，他未曾料到，是以这样的方式。

桌上的笔墨纸砚正静静地等待着那位失意的剑客拿起新的"剑"，书写属于自己的心声。

它们等到了，它们等到了从武官到文官的转变。但当他拿起这看似毫无杀伤力的羊毫软笔，却并没有想象中的那般无力。因为他坚信，这把"剑"，也能如失去的那把一样，挥得热血沸腾，潇洒风流。

然而现实无情地开起了玩笑。突然地，他手中的笔猛然落下，乌黑的墨汁洒到了污浊的地板上，而他仍呆坐在那里，却倒在了官场的血泊里。

那时，他正提笔："元嘉草草，封狼居胥，赢得仓皇北顾。"

字字句句间，忧心，豪情，感慨，振奋，动荡，不安……往世的今世的，理想的现实的，层层叠叠，丰盈着愁。

点点烛光映着熟睡的他，脸上只有说不尽的，连醉意也无法褪去的苍白。睡梦中，只有挑灯看剑，只有吹角连营。

那场梦带回了他少年时的意气风发，也带回了胜利后的春风得意。可留存着他无穷的回忆的第一把剑，却永远死在了过去。

那把剑的形已经消失了，但第三把剑正在他心中重建着。它是以第一把剑为胚胎，长大而成的。

他等到了那第三把剑成型的那天。

北伐开始，一阵叩门声打破了尘世的宁静。他看向墙上那把曾经一直佩在身边的剑，还是那么尖利，没有一点儿锈迹。

他穿上战袍，重返沙场之时，第三把剑，也就诞生了。那把剑同他小时候那样仍觉得重，但那时候只觉得重，而现在，那种金属味在他心中竟成了种不可名状的味道，一种混合的味道——一种愁思，一种回忆的味道。

他只是对着这把剑，沉默不语。

无论如何，他回到了沙场。此时，手中似是握着两把剑，一把来自过去，一把来自现在。而不论是过去，现在，甚至是将来，那份心意，却是亘古不变的。

于是，天空中云卷云舒。

于是，他金戈铁马，拔剑出鞘。

指导教师：陈晓涵

诗歌类

引　言

　　诗歌，是文字的游戏。我们让陈旧的表达舞动起来，语词之间重新拆分、组合、碰撞，最终形成的，便是辛波丝卡口中被偏爱的"写诗的荒谬"。因为有各种各样的人，所以有各种各样的诗——从无到有的诗，仅仅因为一次偶然的瞥视，他看到了花中的诗，看到了月中的诗；读过的诗成了新诗的培养皿，抽生出新鲜的枝条，托举着新诗人的诞生。

　　本章节收录了一系列学生原创的诗歌作品，有孤独的古体诗，也有结伴的现代诗。或长或短，里面潜藏着孩子们清澈的灵魂。没有比需要解密的诗歌语言更好的灵魂栖息地了。布兰迪亚娜说："在这个聒噪喧嚣、充斥着各种思想的世界，诗歌的终极目的应该是重建沉默。"在这一章节相遇的我们，不需要拔高某种思想、到达某层高度。用声音单纯地朗读，甚至沉默，用心灵无声地呼应，足矣。

当你想起读过的这些诗歌，当你心中涌现属于自己的诗句，无论身处何处，都能看到玫瑰、月亮，充满力量地生活。

歌者立于大地
——致普希金
◎龚雯雯

你的歌声似悄然的脚步
细细密密地，落在受难者的心中
又会在所有人忧愁的耳朵里
骤然而轻盈地响起

你是旷野上的猎人
你只会与豹、虎、灰狼在一起
因为其余的，都只会发出无情的犬吠

你高昂着头颅将芬芳的利箭射出
低鸣着，把苍茫的暮色穿透
你是歌者
歌者立于大地

指导教师：张　瑛

致 自 由

◎叶 露

总有一天,我会越过茫茫的冬季
漂泊在春日的暖阳下
为了更好地生活
我再也不要一个人去那么远的地方
我会放下固执
假装这世上并没有东西南北之分
不去风雨兼程地赶路

再次回望过去的种种
却感觉早已苍老了半生
哪怕我还这么小
春有百花秋有月
夏有凉风冬有雪
这就是在不断生长的岁月

为了获得更强大的存在

得到自己想要的
就必须让那些旧物
随着四季的轮回一点点消磨殆尽
当所有的一切都已染上灰尘
才领悟到光阴的无声无息
与生命短暂而热烈的完结

活在自己的时间里
和自己在一起
也许在长大的那一天
我会最先失去经历的勇气
为了梦想而战
为了自由而战
归根结底
都只是为了获得成长的馈赠
我相信时间和生命

倒了一杯水给自己
告诉自己
这样的生活也可以很甜

指导教师：张　瑛

怜　木

◎蔡承熹

无名幼木几枯垂，地冻冰寒傲两枝。
束死求生为善器，收条揽叶墨成规。
风狂雪冷经绝境，带土携泥坠险崖。
道上行人难一顾，窗前泪处草葳蕤。

指导教师：陈晓涵

芣 苢（一）

◎莫文彦

清晨的露水还未凝成
少女们早已三三两两
荡到平原上
漫漫天地间
一株株饱满的芣苢悄然
生长

淡淡人影中
一个个少女采下饱满的
果实

轻轻微风中
一双双手拾起掉落
在地上的芣苢

沙沙绿叶间

一把把苤苜被拥入

怀中……

指导教师：陈晓涵

芣　苢（二）

◎李永博

她辗转于阡陌之间
清晨的春风绕着草坡
不止一次流转于她的衣角
指尖的芣苢
被轻轻抹下

顺着远方的炊烟
滑进那方窄窄的衣襟
芣苢还在摇曳
少女的歌声却已远去

指导教师：陈晓涵

芣 苢（三）

◎无 名

她们采着，身子往一边倒着
经历了太多挫折
也不怕面对波折

她们想着，思绪向家里飘着
奔波了太多的年月
也把青春的美好碾碎

现实的苦难砍不断肩上的重担
只有坚持
坚持磨砺钢铁般的身躯

把劳动看作上天给的情趣
才能真正在苦中享到生活的乐趣

指导教师：陈晓涵

芣 苢（四）

◎李欣涵

少女脚踏湿泥，
悠悠地荡进深山里
低头，是一片芣苢

风儿柔柔吹过，
拂过漫山花果
伸手，已有花儿一朵

少女缓缓蹲下，
看着眼前根根草花
采摘，怀中芣苢一把

风儿柔柔吹过，
少女早已下了山坡
远眺，眼中夕阳停泊

指导教师：陈晓涵

茉 苢（五）

◎汪俊泰

她从懵懂中醒来
纤纤玉手
柔抚绫罗绸缎

她从茉苢中走过
片片嫩叶
夹取片粒丰收

她在田野中等候
阵阵骄阳
蕴出脸上芳羞

她在微风中舞袖
点点露水
化开无尽忧愁

指导教师：陈晓涵

芣　苢（六）

◎朱思颖

她静静伫立

风与光

裙摆微扬

她轻轻俯身

芣苢拂过衣襟

腰间嫩绿

她悠悠转身

一首小曲

余音不绝

指导教师：陈晓涵

青玉案（一）

◎徐晓倩

我抬头
一簇烟火挣脱重锁
扬起又坠落
似你双眸中的流光
转瞬即逝

凤箫声过
你娇嗔
笙歌未绝
你轻笑
我感觉你好像在我的身侧
又仿佛远在天边

我侧身
只有一盏皎洁的白玉灯
人群不知何时开始涌动

万家灯火

璨若白昼

我睁不开眼

只觉一阵暗香

在身后

我回首

一簇烟火从你身后划过

照亮了你的双眸

灼热温暖

是永恒

　　　　　　　　指导教师：陈晓涵

青玉案（二）

◎王苏宁

谁家东风扰了银花火树
着了天空，倒了银河
于是星火如雨落了满街都是
落在雕花的马车上，惹得花开了
香了满路
落在长鸣的凤身上
落在宝壶上
戏着鱼龙，它看到了我

免了免了
撇开闹蛾雪柳，我走了
热闹是他们的，我什么都没有
我正寻着那偶然而过的姑娘
姑娘笑着，引我前去
人群里百般不见

我转身投向别处

我看见烟火稀冷，人影寥落

何时何地，将马厮杀

我手中可有刀剑一把？

　　　　　　　　指导教师：陈晓涵

东坡不栖鸿

◎陆玖翎

是夜十里月光冷

镀我萧萧疏桐，浸寒八九分

古来七贤烟云散

今人六弦，未至五更断

童仆酣梦，野航眠舟，四方狴犴惊起搜

家信托付，字字痛陈，三山之外蛤醉人

何言我拣尽寒枝不肯栖？非效凤凰爱高洁。

实是你我成双影，你孤寂来我孤寂，便欲与尔同悲喜。

有朝一日同归零，乐从哀中寻。

指导教师：陈晓涵

告 志 摩

◎杨义文

红砖墙壁，有紫藤缠绕，
柳垂两岸，唤醒那沉睡的拂晓，
怀旧的风琴，哼着失传的民谣，
美丽的爱情，不知何时开始苍老。
窗边的壁炉，孤孤单单吐着火苗，
灯下的岁月，永永远远不被惊扰。

是谁，让那一船星辉
见证着那古典的拥抱，
是谁，让那一片水草
怀念着那纤细的长篙。

是谁，一身寂寞
穿着黑色长袍？
是谁，用诗句歌唱着爱情，
押着美丽的韵脚？

是你，半生寂寞。

穿着中国长袍。

是你，用诗句告别了爱情，

押着绝望韵脚。

是你的衣袖，带走了西天的云彩。

是你的笙箫，那样沉默，像一种凭吊。

故事流过落日的叹息桥，

诗人的爱还在唱咏叹调……

指导教师：陈晓涵

继　续

◎吴瑛滢

我总觉得折断了什么
总觉得
于是我不断地续——
在暖风和畅和细雨绵绵的交融中
燕子用飞翔描摹着
描摹青春的痕迹
我跟着
跟不上它的尾

在风雨交加与烈日炎炎的交集中
闪电用霹雳宣告着
宣告着夏的路线
我赶着
赶不上它的光

在淡烟暮霭与萧风瑟瑟汇聚时

萎叶用生命舞动着

舞动着秋的弧度

我追着

追不上它的枝

在冰天雪地与日影泛泛相遇时

白雪用冰凉拼凑着

拼凑着大地的银装

我寻着

寻不着它的缝

我依然走着,依然继续着

终于用希望续上了我的明天

指导教师:陈晓涵

春天的第一朵花

◎周敏祎

春天的第一朵花开了
在三月
在依然是铅灰色的天空

它鲜艳且娇媚
炫目却不突兀
不惧霜雪
任由寂寞和孤独
只要能做一枝
开放在春天中的花朵,哪怕
在料峭中夭折

春天的第一朵花
像婴儿的小手
揭开沉睡的世界

勿忘我散碎零落一点儿蓝，
细秆嫩叶中自开。
不比娇花争艳景，
却自修饰一边来。
旁人嘲它无红火，
但似天星布空霾，
若问君心亦有情？
勿忘我叹何自哀！

指导教师：陈晓涵

足 迹

◎尤诗语

我在沙漠里找到了你的足迹

斑驳瑰丽

包藏奇异

是飞天歌谣

是梵天神话

是洞中千千万万往世的佛经

我瞥见了

属于那个时代

新生的光影

我在文明里找到了你的足迹

丝路之上

楼兰古国

是无尽藏的昙花

正盛开着

繁华而落寞

短暂而美丽

我见证了

旧时代的完结

新世界的开始

我在梦里找到了你的足迹

稀世珍品

天下唯一

欲望使我靠近

恶意使我占据

现在

我是你的新主人

和我来

我会带你去往另一个时代

名为利益

我在窟中找到了你的足迹

满地狼藉

是那可恶的獠牙

是一双双碧蓝的眼睛

他们说

过去的时代

会成为新生代的牺牲品

指导教师：陈晓涵

书评类

引　言

　　本章精选的文章，皆是中学生们在浩瀚书海中遨游后，心灵触动的真实回响，这些篇章跨越了古典与现代、东方与西方的文学疆域，从耳熟能详的经典之作到鲜为人知的文学瑰宝，学生们以独特的视角和深厚的情感，为每一部作品赋予了新生。

　　卡尔维诺的洞见在此得到了生动的诠释："经典之作，如同一位永不老去的朋友，每一次重逢都如同初见，总能激发新的思考与发现。"同学们的书评，正是这样一座桥梁，让经典之作在每一次被解读中焕发新的生命力，引领我们步入一个又一个思想的奇境，收获前所未有的心灵触动与智慧启迪。

　　因此，我们鼓励每一位同学，不仅

要沉浸于书海,更要勇于表达自己的见解与感受,用真诚的文字记录下每一次与经典的相遇。走出书本的局限,将目光投向更广阔的世界,用心感受,用笔记录,让每一次的阅读与书写都成为一次灵魂的旅行,一次对生命与世界的深刻探索。

千千万万个身影，千千万万遍

◎王子涵

读了一系列的书，想以此写个综述，它们是《偷影子的人》《追风筝的人》《摆渡人》《解忧杂货店》，这些书都是治愈系的名作，《偷影子的人》这本书是表哥在我初中时送我的，那是我第一次接触治愈系列的书，它们无疑在我的阅读史上占有着不可替代的作用，读这些书不像读史那么洒脱大气，不像读纯文学作品那样让我想到诗与远方，更不像碎片式阅读那样急于求成，这是治愈系书籍最大的力量，让心灵战栗的力量。或许这4本书都远离我们的生活，《偷影子的人》《摆渡人》《解忧杂货店》设定都是魔幻的，《追风筝的人》讲的是20世纪末的阿富汗，但是让我们感受到这就是生活，这就是我们人海中千千万万个身影，为了克蕾儿，为了阿米尔，为了摆渡人，为了33年后的记忆，为你，千千万万遍。

一、心声与关怀

心声无疑是《偷影子的人》《解忧杂货店》最重要的主题，一个拥有与别人影子交谈的超能力的男孩儿，一个专为他人排忧解难的老人，同时指向了现代人的同一内心的漏洞——缺少关怀与被关怀。《偷影子的人》中男主人公（书中以"我"自称，未提及姓名）或许是最幸运的，他可以与别人的孩子交流，发现别人心中的秘密，并帮助别人补齐影子的漏洞，但他也是最不幸的，他与各种各样的影子交谈，却忽略了他的母亲，直至其去世才发现自己对母亲竟一无所知，人生是有遗憾的，有些遗憾却注定要抱憾终身。关怀一下那些爱你的人，不要让人生留有遗憾，这是小说中妈妈的故事给我最大的启示。

何为关怀？我们没有小说中男孩儿的超能力，又如何关怀别人？偷影子，只是作者马克·李维的借喻，其真正的含义，是对他人内心世界的体察、感受和改变。影子指的就是内心，是每个人最真实的自我。让我感受最深的是，每个人的影子都有着与那个人的表现截然不同的心声或是隐藏着的小秘密，而且并非所有影子都喜欢自己的主人，或许正如我们的人生，不是所有人都能成为内心的自我，我们被赋予了太多期待，贴上了太多标签，正如爱比克泰德所说："我们走上本不属于我们的舞台，演出并非我们所选择的剧本。"舆论时代，生活成为无形的枷锁，标签效应将我们的内心封锁，如今还有谁敢大声喊出自我的心声，不可否认我们现代人已不敢为自己而生活，我们封锁的内心缺少关怀，这是现代人的心病。

浪矢爷爷的存在，让人们内心的牢笼有了一些光彩，这些看似无关的故事有着共同的主题关怀。书最后浪矢爷爷对敦也投去的无字信的回信，让我真切地感受到关怀的真谛，付出真心关怀并不一定能解决别人的问题，关键是能用心认真去倾听。敦也寄出的无字信完全出于恶作剧,但浪矢爷爷却认真回答并认为这是人生无地图的意思,这种倾听,无论其推测正确与否,都让人感受到自己的内心得到了关照,不再只是困在自我的牢笼。但回头细想,这封无字信的回信也许是掀开了全书的主题,是东野圭吾先生真正想告诉我们的——这是给读者的信,其本身就是对现代人内心的关怀。信中说你的地图是一张白纸,所以即使想决定目的地,也不知道路在哪里,可是换个角度来看,正因为是一张白纸才可以随心所欲地描绘地图,一切全在你自己,对你来说一切都是自由的。这正是东野圭吾对我们每个人影子的尊重,我们的人生无须别人来描绘,释放内心,体验自己的人生。

我们的影子是否还爱着自己的主人?拨开层层外衣,我们的心声依旧热烈。群山回响,灿烂千阳,或许关怀者同时也是被关怀者,这是自我存在价值的实现与肯定,渡他者自渡,摆渡与救赎是世间永久的话题,它源于心声,在于关怀。

二、救赎与自渡

同样源于心声,救赎与自渡是关怀的终极目标,对应这个话题的一定是人性与救赎的作品《追风筝的人》和构建了夹在生与死两个世界中的荒原的《摆渡人》。谈到自渡与他渡,我首先想到的是宗教中的普度众生,然后便想到"雪域最美情郎"仓央嘉措的诗句"世间安得两全法,不负如来不负卿"和《悟空传》的片尾曲中"我要这诸佛烟消云散"的歌词。电影《悟空传》则显然有着强烈的自渡情怀,而仓央嘉措的身份让他无法离开佛祖，但他的内心却放不下世俗与爱情，"竭尽同心缔，尽缘此生虽缺共缠绵。"人生无佛祖的超度，但是意味缠绵又有何不可，这便是自渡对自我内心的成全，可惜的是仓央嘉措却从未迈出自渡的那一步。

《追风筝的人》没有再讲宗教，却也在讲救赎与自渡，而且更加现实与揪心——一代人的背叛，两代人救赎。书读完后，我沉默良久，人性的善或许不在于无罪，而在于有罪之后可以赎罪，这是《追风筝的人》最大的价值，赎罪是全文紧紧围绕的暗线。人究竟为了什么要救赎？救赎者不只是在渡他，更是在自渡，这在《追风筝的人》中体现淋漓，曾因懦弱，抛下哈桑的阿米尔，在经受20年愧疚的折磨后，勇敢地走上了"再次成为好人的路"，救下了哈桑的儿子索拉伯。救赎，在"再次"这两个字后已经很明显了，它告诉我们，人生是可以自渡的，没有人一生没有污点，但并不能说明你是恶人，赎罪便是一条再次成为好人的路。想起陈传兴所说的一句话，"黑夜是一艘渡船"，众生造众恶，各有一机抽，或许在愧疚折磨自责懊悔的黑夜降临时，我们早已开始了自渡。全文无疑哈桑那句"为你千千万万遍"最令人动容。后来阿米尔为索拉伯追风筝时，再次对索拉伯说出了这句话，为你千千万万遍，二十六年前阿富汗风筝大赛的盛景仿佛再次出现，阿米尔圆满地完成了救赎，他数十年的罪恶感终于散去，年过三旬的他，如26年前那个单纯的哈桑，追着从天空飘落的蓝色风筝，隔着时空记忆呼喊着，为你，千千万万遍。

渡他者自渡，他渡终将归于自渡，正如《摆渡人》中所说，如果我真的存在，也是因为你需要我。与之类似的，《偷影子的人》中说，如果我只是你生活中一个单纯的过客，为何要我闯入你的生活？当迪伦回到荒原，她成为崔斯坦回归人间的摆渡人，正如阿米尔回到了阿富汗，救出了索拉博，偷影子的男孩儿回到了家乡，去寻童年时的克蕾儿。众生皆苦，唯有自渡，这跨越了时空的救赎还不算太晚。

三、时空与回归

珍惜当下这四个字看似轻盈，却无比沉重，有些错过可以弥补，而有些错过却注定会抱憾终生，正如《偷影子的人》中的"我"，直至母亲去世也从未真正了解她，成为男孩儿终生的遗憾。有些人直到失去，你才会怀念他的好，正如阿米尔的哈桑，"我"的克蕾儿和母亲，醒悟过后，所有的他们奔向了同一个目标，回归。

这4本书都不约而同地提到了这个词：回归。《解忧杂货店》的回归隔了33年，还是浪矢老人还是那家老店；摆渡人的回归，隔了生与死、天堂与人间，中间过渡的荒原叫回归；《偷影子的人》的回归，隔了10年和一个童年，以及一段青梅竹马的记忆；《追风筝的人》的回归，隔了一个大洋、26年、和一代人。在这些间隔中有许多无奈与迷茫，但所有的间隔都可以归纳出一对概念，时间与空间。这些回归中最令我感动的是《偷影子的人》，克蕾儿曾说心灵的交流是可以穿越时间的，想起了新海城的名作，你的名字，三叶与男主的交流也完全超越了时空，最后同样指向了回归。

那么回归的背后是什么？时间在不停流逝，世事在变，回到此年此时此地已经不可能，那我们回归的究竟是哪里呢？

思考良久，突然发现答案或许很简单——吾心安处。为什么春节过年成千上万在外打拼的人挤着火车要回家？为什么人在最孤单最无助的时候第一想到的是自己的父母？因为那是吾心安处。突然发现苏轼的一句"吾心安处是吾乡"思想是何等深邃，从黄州到惠州再到儋州，无数次的漂泊，却无法迈向自己的故乡，但他安定了下来，这无数次的远离对他而言却在回归，因为他明白了心安之处便是故乡，其他一切不过是虚妄，如其所言"谁言万事转头空，未转头时亦梦中"。陶渊明的归去或许豁达，苏轼的归去同样高明，他们同是在去往心安之所。

四、为你，千千万万遍

人的一生中总有一些事情，值得回忆千千万万遍。《偷影子的人》在书的最后说，一个会用风筝向你写出我想你的女孩儿啊，让人永远都忘不了她。读到这里时我早已以泪洗面了。我的思绪无法抽离回忆，那些我们惯于隐藏在记忆深处的回忆，那些关于我们自己、关于青春、关于童年的一切，浮现在脑海。

记忆这个看似来自过去的东西却有着巨大的吸引力，左右着现在的和未来的我们。它究竟是什么？我们为什么不忍心让它随风而去？

陈传兴的一段话彻底地解决了我的疑问。他说："我们生活中总有一些遗憾的、不完美的、未完成的无奈。记忆，是让人去重新面对消失，其实是用另一种方式，让你去体会，去深层地接受'吃进去'的那种消失，然后你把它转化成它没有消失，你希望它是你记忆的一部分……其实记忆并不是我们去回到过去去找，而是刚好相反，记忆回来找我们。其实，记忆在未来。"

记忆在未来，初闻时只觉得虚幻，细品后才发现这是多么智慧的体悟，过往早已烟消云散，但记忆却没有因此失去依托，因为它在未来找到我们，让我去体会、让我们去接受过去的消失，让我们去将记忆编织为未来的我们，让我们剖开内心再次听听自己的心声。有了记忆，人们才需要关怀与自渡，时空可以扭曲折叠，记忆是过去在未来的映射，在未来的某个角落等待着我们，不知何时将会跳入我们的脑海。正如26年后的阿米尔迈上救赎之旅，10年后偷影子的男孩儿踏上了回归之路，为了他失去的克莱儿寻觅了千千万万遍。

"为你千千万万遍"这句话的背后，有我们每个人从童年到青春，从被关怀到关怀，从他渡到自渡，从归乡到归己的故事，这些故事统称为记忆。关怀、自渡、回归、记忆已彼此融入，难以分割，自渡是关怀的终极目标，回归是自渡的方向，而记忆则是未来故事开始的地方。

人海之中，千千万万个身影正向我而来，排山倒海，势不可当，但纵使千千万万遍，我自当步履坚定，仰头向山海走去。

指导教师：张　瑛

生存,"悲剧",尊严

◎孙心雨

"事情都是被逼出来的,人只有被逼上绝路了,才会有办法,没上绝路以前,不是没想到办法,就是想到了也不知道该不该去做。"

——《许三观卖血记》

《许三观卖血记》是余华的作品,创作于20世纪90年代,是余华写作风格成功转型的标志。在这一时期,中国由此前的计划经济转型为社会主义市场经济,使得社会文化领域也发生了改变。这一时期,人们更加强调自我个性的张扬,希望个人成为社会文化的主体。在文学创作领域内,作家的创作思绪与以往发生了明显不同,他们更加关注个人的生存空间,文学题材也倾向于表现民间生活。在此种背景之下,余华创作了这部长篇小说。

我前前后后读了三遍,每一遍都被书中的主人公许三观身躯中隐藏的巨大能量所折服,同情他遭遇了许多磨难,同样对他有些敬佩。故事从新中国成立后写起,主人公许三观既有工作的上进心，又有家庭的责任心。为了解决生活中的困难，他先后十一次卖血，渡过了一个又一个人生的难关。许三观的卖血伴随着他的大半生，除了第一次和最后一次心血来潮去卖，其他都是被生活所迫。血是力气，是命；他卖掉的是自己的命，换来的是家人的健康与安稳。

生存——与磨难的斗争

在书中描述的社会背景下，生存是一个大难题，如何面对生存的问题，是许三观前期生活中最需要解决的问题。小说中，许三观面对生活中的各种苦难，没有任凭命运宰割，也没有坐以待毙，而是用自己的方式——卖血来应对各种无法预料的灾难的降临，这便是他的生存之道。通过卖血，他娶到了媳妇，偿还了儿子伤人赔付的医药费，帮助全家顺利度过饥荒时期，等等。因此，卖血反而让许三观有了与苦难、与命运作斗争的力量，也成为他自我价值得以实现的渠道。虽然许三观仅仅是一个追求家人平安温饱的碌碌无为的平凡人，但他却以自己的方式拯救、养活了全家人，并且找到了属于自己的生存之道以及生存价值。

虽然现在的社会已经满足了人们基本的衣食住行的物质需求，但是我们仍然需要思考：在与人生中无数磨难的斗争中，我们能做什么？书中有这样一段话："人活一辈子，谁会没病没灾。谁没个三长两短？遇到那些倒霉的事，有准备总比没准备好。聪明人做事都给自己留一条退路。"许三观的退路是自己健硕的身体，那我们的退路又是什么呢？其实一切全在自己。正如开头引用的那句话一样，事情都是被逼出来的。当我们真正面对磨难时，心中对生存的渴望，生命里的顽强会被激发出来。当然，在探索生命，面对苦难的过程中也不能失去初心的善良和纯粹。

"悲剧"——悲喜交织的人生

萧伯纳曾说：人生有两个悲剧，一个是万念俱灰，另一个是踌躇满志。而我认为，做人最大的悲剧便是鲁迅口中"哀其不幸，怒其不争"的人（比如阿Q、祥子）。许三观的悲剧在于一生遭遇的不幸，他的喜剧在于自身性格（善良、热心、盲目乐观、自我满足）的多样化体现，有着浓厚的喜剧色彩。

其实无所谓喜剧，也无所谓悲剧，人的一生没有绝对的定论，悲剧与喜剧也可以互相转换，乐极也可能生悲，苦尽也可能甘来，关键在于态度。于许三观来说，他的一生都是为了别人卖血，六十岁时想为了自己卖一次，却卖不出去了，这是他的悲；于外人来说，他的三个儿子都成家立业了，家庭幸福美满，这便是喜。由此可见，在不同人的视角下，对于悲和喜的界定也全然不同。面对人生的岔路口，我们要做且能做的就是保持一个乐观积极的心态，保有相信自己的勇气和信心，在悲喜交织的人生中演出自己的剧本。

尊严——对平等的追求

卖血是为了娶妻，是为了救治重病的儿子，是为了郑重款待贵客,是为了不被饿死,是为了生存。但是最终,还是为了爱和尊严。许三观对平等的追求是那么简单,他要求的平等仅仅是在知道一乐不是自己的亲儿子之后,每天躺在藤榻上什么也不做,不停地使唤许玉兰以此作为报复;他要求的平等仅是一乐闯祸需要赔钱就应该由亲生父亲何小勇出,他抚养一乐已经仁至义尽了。这就使许三观的平等观,表现方式既特别,又具有喜剧性。这些看似平淡生活中发生的事情,却引人深思,尤其是对平等追求的思考。

究其根本,追求平等的过程是坚守自己的价值观,坚守自己的内心。不管你身处何方,有着什么样的思想才学,是贫穷还是富有,是迷茫还是坚定,都是有血有肉的人,都有自己内心的执着与价值观,而人的一生就是在实现自己的价值观,在这过程中保持尊严,挺直腰板堂堂正正地生活。

作者余华带着温情描绘社会底层小人物的生存状态和命运的发展,他以底层叙事视角来叙写许三观,人物被注入了生命的血肉,在底层叙事中获得了生命的感性力量,表现出来的坚韧的生命力和从容的应对态度值得我们了解并感受。

也许有人会说,我们现在的生活早已不是那种社会背景下的窘迫了,哪里还要这么老套的思想鸡汤?诚然,社会一直在发展,一直在进步,但是现在有些青年人哪有什么生活的热情,哪有什么面对困难的勇气,遇到困难时他们也就只想在自己的舒适圈中躺平,做着"一夜暴富"的美梦罢了。所以,现在的时代青年同样需要许三观那样与磨难斗争,与悲喜和解,追求平等的特质。

当每一棵草都挺直了茎秆，仰起尊贵的头颅，那你看到的风景就不再是匍匐的草坪，而是雄阔恢宏的草原了。

指导教师：陈晓涵

人类的抵抗，悲壮而又伟大

◎顾涵依

在最开始，我想先分享这样一段话，来自桐华的一部小说："在整个苍穹下，亿万颗星辰间，我们显得多么渺小，可是，渺小的我们，却能看见浩瀚的整个苍穹。在这漫天的繁星中，很多看似明亮闪耀的星星其实早已熄灭死去，有的甚至已经死了几千万年。可是，因为我们的眼睛依旧捕捉着它们的光芒，它们的美丽在几千万个光年之外被感知，和其他活着的星辰一起璀璨闪耀。生和死，在这瑰丽辉煌的宇宙间，根本难以分辨。"这个寒假，我沉浸于《神秘博士》的奇幻宇宙中。在其中，我看到了人类的懦弱、恐惧、残忍，我也看到了他们的勇敢、深情，会为了人类的生存奋起反抗，又联想到所读的书中也有那样一群伟大的人。因此，我将此次阅读综述的主题词定为"人类的抵抗"。

与自己抵抗

第一次读《摆渡人》，是在 2016 年或者 2017 年，当时读完只是感慨于迪伦和崔斯坦的爱情故事。如今重读，却感受到了不一样的味道。当迪伦安全抵达自己灵魂的归宿，她仍愿意遵从内心，义无反顾地跨越结界，回到荒原，寻找她的崔斯坦，即便前途困难重重，即便有着灰飞烟灭的危险。此时的迪伦什么也没有，只有一颗勇敢的内心，凭借着它，与路上的恶魔斗争，与命运斗争。

"如果命运是一条孤独的河流，谁会是你灵魂的摆渡人？"荒原实际就是迪伦的内心所想，她接下来要走的每一步，风雨雷电，都会因为她的喜怒哀乐而变化。"如果我真的存在，也是因为你需要我。"在我看来，灵魂的摆渡人其实就是自己。迪伦摆渡崔斯坦实际就是自渡的过程，能拯救你的只有自己，任何事物都不可以凌驾于内心的"我"之上。

我就是我，我不需要成为别人。这是《小王子》告诉我的道理。正如熊培云在《自由在高处》中所说："没有谁的人生可以复制，你也没有必要去复制，你只能做最好的自己。"大龄单身会被叫成"剩男剩女"，快三十岁还没结婚会被家人逼着去相亲；在社会上生存，仿佛你只要一事无成，没有活成别人期待的模样，你的人生就是失败的。可能也就是因为想要活成别人眼里的成功模样，所以，我们也变成了连自己都不喜欢的大人，每天浑浑噩噩，如同行尸走肉。这样真的是我们想要的吗？答案很明显是否定的。生活沉重，但我们也不能忘了自己。

小王子与狐狸的关系，称为"驯养"，而不是"屈服"与"囚禁"。为何？因为小王子自始至终是独立的个体，他不需要委屈自己。诚然，我们离不开大环境，但我们依旧可以从中找到内心所适合的生活方式，追寻内心的自己。

与命运抵抗

一口气读完《活着》，你一定会有难以喘息的压抑感。家珍因患有软骨病而干不了重活儿；儿子为救县长夫人抽血过多而亡；女儿凤霞难产生下一男婴后，因大出血死在手术台上；凤霞死后三个月家珍也相继去世；二喜是搬运工，因吊车出了差错，被两排水泥板夹死；外孙苦根随福贵回到乡下，生活十分艰难，福贵心疼便给苦根煮豆吃，不料苦根却因吃豆子撑死，只剩下老了的福贵和一头老牛。

人世间最痛苦的事是看着身边一个个亲人慢慢地离去，直到只留下你孤单的一个人……

绝望贯穿全书，一步步加深，一点点侵蚀着福贵的生命。人类的抗争在其渺小与对生命的无力面前，显得那样可笑。但福贵在经历亲人的死亡后，并没有一蹶不振，而是奇迹般地挺了过来，与一头老牛做伴。对于他来说，人是为活着本身而活着，而不是为了活着之外的任何事物所活着。

人这一辈子谁也不知道会遭遇什么样的境遇。重要的是，我们始终能怀揣着对生活的热情，不负人生，不负韶华。就如司马迁所言"人众者胜天"，人的谋略筹划安排妥当，可以打破天意的安排。

与宇宙抵抗

重力是宇宙为地球设下的限制，但人类始终抱着探索地球以外世界的好奇心，摆脱束缚，向着更广阔的宇宙遨游。自从1961年4月12日，人类第一次飞出地球，做了一次太空旅行起，人类的宇宙之旅开始了。

《神秘博士》中，罗斯·泰勒为拯救人类，直视时间涡流，毁灭戴立克；玛莎走遍世界，与人们联合起来阻止所谓的永生阴谋；克拉拉成为碎片，穿梭于时间中，保护着人类与博士。《流浪地球》中，人类寻找新的家园……虽然带有科幻色彩，但其中蕴含的人类精神确是真实的。人类会为了地球与生存，爆发出强大的力量。

看似先进的人类文明，在宇宙的角度来看仅仅是沧海一粟，但人类依旧一步步地走着。第一个具有航天意义的火箭、第一个进入太空的火箭、第一颗人造卫星、第一个进入太空的生命、第一个星际探测器、第一个登月的人类、第一个抵达火星的探测器……

人类渺小而又伟大，相信未来整个宇宙都将为人类歌唱。

指导教师：张　瑛

对着平凡的生活含泪微笑

——透过《平凡的世界》读路遥

◎濮 寒

支离破碎的黄土地,豪迈呼啸的高原风,在这里,只有最能接受打击的面孔才能生存,只有最能经历苦难的心灵才能不朽。因此,在黄土高原两百五十万年的历史中,只诞生了一个路遥。

没有华丽的辞藻,没有夸张的修饰,没有离奇的情节,一字一句却真真切切触及内心;平凡的地方,平凡的事件,平凡的人,一切皆是平凡的。这确实是一个平凡的世界。路遥伟大的灵魂,顺着这千沟万壑独自行走,在黄土高原上,铺开了一片气势恢宏,又细致入微的画卷。

我早就听说过《平凡的世界》。不知道是否因为那个年代离我过于久远,当三本厚厚的书放在我面前的时候,自然而然就形成了一种捉摸不透的隔阂。随着我走入20世纪80年代的陕北黄土高原,走入双水村,走入孙少平、孙少安的生活,走进路遥广博壮阔的精神世界后,书中所述的一切又变得那么可爱自然起来,至少那层隔阂已经消失殆尽了。

出生在双水村的少平,从小有着极强的自尊心和不甘平庸的理想。无奈家中非常艰苦,连基本的温饱问题都难以解决,食堂里吃的是两个最低等的黑高粱面馍,和一碗混杂着雨水、泥浆的稀薄菜汤。不论要强的孙少平或是孙少安,他们不会向困难低头,但往往因为家庭条件差而感到自卑,抬不起头来。尽管如此,相比大哥孙少安,幸运的孙少平至少还有上学读书的机会,没有他哥哥放弃优异的成绩辍学回家劳作,扛起大部分负担,根本支撑不了上学的费用。因此,可以说少平的一切建立在孙少安放弃理想之上。

孙少平很早就懂得了这一点,书中字里行间满是无能为力的愧疚和对哥哥的心疼。发奋努力的同时,他也渐渐养成了读书的习惯。一次去田润生家的巧合,他在箱盖上发现了润生妈妈用来夹鞋样的《钢铁是怎样炼成的》,从此,无论生活有多艰难,发生了怎样的巨大变故,孙少平总不放弃任何一点儿阅读的机会。令我记忆最深刻的,是他在铜城的经历:孤身一人来铜城打拼,居无定所,夜晚时分找到并不熟悉的贾冰诗人家,放下尊严祈求收留一晚,临别时,少平想到的不是接下来依旧漂泊的生活,而是提出向善良的贾老师借一本《牛虻》。从前他宁可花一天时间捧着书躲在山坡上不耕作,后来又深夜在鼾声如雷的矿工宿舍打手电,把书及时看完并归还。书籍让他在乌烟瘴气的工地环境中始终秉持着谦逊、坚强、孝顺、正义感,同时也默默地改变着其他人。

以前我总以为过去千千万万的普通农民一个样,每天都在不断地耕种、浇水、除草,无不干着这千篇一律的工作。现在来看其中确有曲解:并不是所有农民都是面朝黄土,背朝天。

我读到金波参军成了驻藏士兵,田润生以开货车维持生计,孙兰香考取大学,双水村村民干起了养蜂、养鱼的工作……曾经平凡的村民,一定坚信过自己会像先辈那样,接过锄头铁锹,务着农持着家,靠一点点粮食勉强在这个世界上留下属于自己的痕迹。双水村——陕北黄土地上一个平凡的小村庄,孕育了一群怀抱着崇高理想的年轻人们。

虽然对路遥知之甚少,但通过短暂的阅读,在我看来最像他自己的不是小有成就的孙少安,而是孙少平。知识赋予了孙少平一个又一个全新出路,但随同希望一起来到的,是无尽的痛苦与挣扎。当年轻的孙少平还在双水村的时候,有些东西呼唤着他去向远方;当成长起来的少平见识到外面的世界,又有什么东西呼唤着他回来。他把户口迁去黄原城,摆脱农民身份,怀着满腔热情更进一步想把双水村整个孙姓家庭彻底带离双水村,从此扎根在黄原,然而从父亲孙玉厚那里得到了否定的答案。和他相互理解的挚友田晓霞被洪水夺去了生命以后,孙少平的精神支柱一度面临崩塌;屋漏偏逢连夜雨,为了救安锁子,少平重伤几乎毁容。他就这样在城市和农村的分界线上苦苦纠缠。

老天爷给他人生涂抹的每一笔都很重,然而他挺住了。他的确很平凡,但绝不平庸。无论是体力的、脑力的、精神的、意志的,是多么严酷悲痛、皮开肉绽,他都扛下来了。在安逸与前进之间,他选择了后者,选择继续在艰难困苦中,由自己来改写平凡而不平庸的人生道路。正如海明威说:"默默无闻也好,平平凡凡也罢,重要的是一个人只要活着,再怎样一无所有也不应该把做人的尊严与风度也输掉。"

　　路遥有着极强的土地意识与归宿意识，养育他的黄土高原，尽管荒凉而贫瘠，没有江南水乡的温柔肥沃，但正因此，勤恳质朴让他的灵魂需要在黄土中扎根极深，走出千里也永远不会忘本。路遥的一生几乎都被苦难贯穿，在他的作品中，对摆脱苦难的执着追求，面对苦难时的从容坚忍，暂离苦难后的冷静内省，都显得那么真，这份真实让读者共情、共鸣。黄土高原可能不是一片能让游子怀恋丰饶物资的故土，但绝对是无数灵魂的故乡，也一定是路遥迷茫彷徨时候的一处精神庇护。

　　在那个久远的年代里，普通的人们，除去生来的性格，谁的血液里不流淌着劳动人民的不屈不挠、能屈能伸呢？他们自尊、自信、自强，破开沉闷的时代，痛并着快乐，悔憾并着荣耀，交织着，升华着，在黄土地上。或许没人可以做到，一辈子每件事都做得令人赞颂，路遥所歌颂的，就是他们就用这一辈子，做一件能够令人赞颂的事。他们所要的其实很简单，不是歌舞升平、一夜暴富，而是奋斗过后不留遗憾的平凡生活。

　　《凡人歌》唱："你我皆凡人，生在人世间，终日奔波苦，一刻不得闲。既然不是仙，难免有杂念，道义放两旁，把利字摆中间。多少男子汉，一怒为红颜，多少同林鸟，已成了纷飞燕。……问你何时曾看见，这世界为了人们改变？"人生的价值在于"平凡"二字背后蕴藏的激情澎湃、百折不挠，当你我回望平凡的一生，我们眼中的自己，做出的是一个抵抗渺小的姿势，那才是生命最无悔、最壮美的姿态。

毕竟欧·亨利也说："人生是个含泪的微笑。"

愿我也可以在脚步匆匆的时代，坐上生活的马车，向我心中的目的地，不遗余力地前进。

指导教师：张　瑛

风雨如磐暗故园
——从《故乡》看鲁迅对精神家园的追寻
◎田振淇

人们普遍认为浙江绍兴是鲁迅的精神栖息地，而以我观之，鲁迅精神的归宿在于绍兴，却又不止于绍兴，他的精神家园是基于现世建构的。从《故乡》一文来看，它虽然是一篇具有记叙性质的作品，但它的重点不在于记叙故乡的风景，而在于抒发悲情、抨击"吃人"的现实、从信仰观照人的精神家园，表达对真善美的期待与追求。鲁迅在他的精神栖息地讴歌儿童的纯真与善良，表达对理想的执着追求与呼唤。

《故乡》通过叙述亲身经历的人和事，并加入细致的内心感受描写，让读者体会到理想的可贵。鲁迅将自己试图在文本中所要表达的思想和感情，借由"我"之口和盘托出。《故乡》的主人公"我"充满忧患，时刻清醒，没有僵化的粉饰，没有假意的奉迎，只有勇敢与执着，他毫无保留地谈起回到久别的故乡的真切感受：悲凉与无话可说。在看到豆腐西施时的痛苦心情和某日午后见到成年闰土时的隔膜下，我们感到特别的真实。故乡既是鲁迅人生的发源地，情感的生发地，又是他灵魂的安眠地和精神的归宿地。但当他回到故乡，面对的徒有失落的精神家园——在颓败的现实故乡与无灵魂的人群里，善良从世俗中滑落。鲁迅本以为他的精神栖息地在故乡，可故乡的人们只是麻木与冷漠。封建礼教表面上造出了歌舞升平的梦境，其实是醉生梦死的乌烟瘴气。而功利性的伪善在给既得利益者带来安定团结的假象的同时，也给国人带来太多的罪孽。于是，鲁迅只能追溯过去，也许，乐土就在逝去的岁月里。

所以，《故乡》的精神家园已经荒芜，生了诸多杂草，但鲁迅绝不放弃。因此，鲁迅追寻的精神家园，有雪的纯洁、梅的坚贞、竹的高洁。它一定是纯净的，与混沌无关，与死亡无关。《故乡》如同站立在旷野的一株芦苇，为我们指明了一条到达"天国"的路。重建精神家园在根本上却是从苦难到救赎之路。救赎就是渴望纯真与善良，渴望它的到来，它的存在。这就是精神家园作为道路的意义。经过辛亥革命、五四运动、新文化运动，故乡并没有变得更好一点儿，反而更颓败。何处才是真正的精神家园？鲁迅在追问，也在反思。

总之，在《故乡》中，鲁迅对精神家园进行了追寻。它书写的不是"刀光剑影"的"横眉冷对千夫指"与"我以我血荐轩辕"，而是悲凉的心痛，是纯真、自由、淳朴的家园遭到侵蚀的悲凉。《故乡》是追求真善美的基础上开出的一朵希望之花，是鲁迅精心编织的美丽梦境。

指导教师：张　瑛

你是个走夜路的人

◎张晓妍

"你是个走夜路的人,有着星子的寂寥、清澈和富饶。"这是王开岭先生在《精神明亮的人》一书中写下的话。

作者在这本书中共收录了41篇散文随笔,主要是对于当时重大社会事件的点评和一些文学鉴赏。虽然题材繁杂,但作者自始至终都将"美"字贯串全书。有日出时壮丽蓬勃的自然之美,有无聊生活中突破桎梏的自由之美,有天灾下互帮互助的人性之美,有乱世里剑客荆轲向死而生的理想之美……

依稀记得最开始接触这本书还是在初中,那是我第一次跳出故事情节的阅读,在无形无声的文字中捕捉到有迹可循的美。这些纯粹的美就像我饥饿年份里的光和盐,风尘仆仆地激励过一颗渴望破壳的灵魂。

有意思的是,当我在高中再次阅读这本书时,某些从前让我"被猝然绊倒""一下击中"的文字变了,变得有些生涩僵硬,甚至矫揉造作了。仔细思考背后的原因,应该是我变了。在拥有更多人生阅历之后,我心中对这本书的看法潜移默化地改变了。

书中的"美"总是笼罩着一股巨大的悲悯的气息和宿命感，如果这氛围得不到消解，就只能描绘"美"而不能造就"美"，最终成为理想主义者的乌托邦。加缪、荆轲、茨威格，他们都是美的，但他们是千百年来接受过无数夸赞的美，是放在高阁上不可置疑的美，是幻化过的、官方的、理想的。

我们是否需要这样的美？

一旦"美"当起"虚伪"的令箭而不再作为美好品质的形容词，那丑陋将接踵而至，"理想"这个词也会违背最初的赞美沦为嗜血的刀俎和砧板。因为当人们过于功利地去讨论一件事物的对错时，"理想美"的光辉就会慢慢黯淡下去，因为既得利益者是不会抛开现实的得失拥抱"理想美"的。

所以我们需要这样的理想美。

在成长的旅途中，每个人都是"走夜路的人"，而"理想美"就像路旁的灯，在黑暗中将影子一盏盏灯传递着。正因为这些闪烁着的灯，那些落魄的脚步才不致停止，信念才不致一败涂地。

究其根本，作者写作的目的不仅停留在对"美"的描绘和赞赏，还在于创造美的理想，从而对美起到指示和引导的作用。作为已经被启蒙过的读者，我们更应该勇敢地看清真实的社会，理性地辨别真正的美，并带着理想和热情去创造"美"。

《两千年前的闪击》中是这样描绘荆轲刺秦前的场景的："那折剑已变成一柄人格的尺子，喋血只会使青铜陡添一份英雄的光镍。"站在易水河边的他满怀着道义与侠气，这是个对理想美有着极致追求的人,我想。

  但跟着作者揣摩这位剑客的心境,面对着铺天盖地的霜雪和早已埋伏好的死局,他真的没有一<u>丝丝犹豫</u>吗?

  诗人说:"我将穿越,但永远无法抵达。"

  作者说:"我们永远也到不了咸阳。"

  难道就要因此<u>止步</u>吗?

  不。

  我还要赶路,要披星戴月,要风雨兼程。

指导教师:张 瑛

人性与乌托邦

◎孟伊婷

我以前并不是很喜欢看科幻小说,但今年的一些动漫还有游戏作品确实吸引我去阅读了一些科幻小说。

其实在真正阅读了一些科幻作品过后,我发现,其中真正吸引我的,并不是那些富有创造力的幻想,而是对于社会和人性的剖析。

最开始看《献给阿尔吉侬的花束》的时候,不得不说这跟我原本想象中的科幻小说有着很大差距,没有宏大的宇宙背景,没有各种新奇的高科技,整本书是以一个名叫查理的智障人士的视角写下的观察报告。查理最大的心愿就是能变聪明,为此他努力学习拼写,也正是因为他的努力,他才得以拥有一个变聪明的机会。在短短三个月里,他的智商增长到天才的地步,再急速退化,变回那个蠢笨的查理。但这一切对于查理来说并不是没有意义的,他就像一个幼童,在三个月内从一张白纸迅速成长为一个大人。而这本书最大的意义,便是从查理的视角逐步认知人性和社会,以及命运的不公。一开始的查理尽管有着智力上的缺陷,但也正是因为不理解和认知上的偏差,他始终生活在美好的永无岛里,他不知道朋友对他的捉弄,心甘情愿地帮别人干活儿并且因为被需要而喜悦,他不了解人性和社会的阴暗面,干净得像一张白纸。但随着手术后智力的增长和认知的完善,他开始理解,撕开永无岛的假象,人间并不是乌托邦。当他说出"智慧离间了我和所有我爱的人,也让我从面包店被赶出来"这句话时,我们不知道究竟是该为他高兴还是难过。

当对人性一步步地深入了解,其实就可以发现人性并不高贵,哪怕善良如查理,获得智慧依然让他变得自负而高傲。人性的存在让世界不可能出现乌托邦,而人类并不能剥离人性而存在。

如果说《献给阿尔吉侬的花束》讲的是乌托邦的破碎,那么《三体》可以说是一个完全反乌托邦的存在。

小说开篇便是三体人的入侵,人类为时四百年的自救,到暗黑森林法则的提出,面壁人计划,《三体》在我眼里最厉害、最震撼的点不是末日灾难、太空大战、维度之间的转换和碾压,而是以无比理性的角度对于人性的剖析。在所有人物中,最具讽刺意味的应该就是人称"圣母"的程心。她的心软和犹豫让人类输了最后的面壁人计划,当太阳系被二向箔定格的时候她却能心安理得地生活在云天明为她打造的乌托邦中。她终生生活在他人保护和自我感动中,用道德进行自我标榜,你可以说她虚伪,也可以说她过于理想化,她与黑暗森林法则背道而驰的理念注定了她带领人类走向毁灭的结局。而与她完全相反的一个人物罗辑,他的理性则是证明了这个社会本质上的残酷。人性的不确定性，和社会生存法则中的理性和残酷性是这本书所传达出的、非常重要的理念。

人性和乌托邦一直是两个有着诸多争论的命题。人性依托于人个体，而乌托邦的概念则是依托于人类构成的社会所存在。

而科幻之所以成为探讨人性和乌托邦的有利形式，我认为一部分是因为科幻作品中所构思的科技能力给予人类铸造乌托邦的条件，另一部分则是在物质基础上，人性对于乌托邦和反乌托邦的选择。

通过赫胥黎的《美丽新世界》可以发现，在乌托邦的社会，当人类的欲望被完全满足，社会确实变得没有战争、嫉妒、愤恨，但同时也失去了思考的能力，人性变得不再重要，每个人都像流水线生产出的标准商品一样，没有情感，没有道德感，人际关系也变得不再重要，除了完成维持人类社会所必需的工作以外，就是无节制的纵欲。

《美丽新世界》中描述的是乌托邦，它却是著名的反乌托邦文学经典。乌托邦很温暖，很欢乐，人类无视死亡，无视痛苦。当世界不再有痛苦和孤独，人会幸福吗？从我的角度看，我只感到了恐惧。

想要获取任何事物都是要付出代价的，美好的乌托邦也需要付出沉重的代价。查理用三十余年的蠢笨和善良换来了一个属于自己的乌托邦；程心用太阳系换来了保护自己的乌托邦；人类靠"伊甸园"系统创造了精致易碎的精神乌托邦，在面对外来入侵的时候像孱弱的羔羊般毫无抵抗能力；美丽的新世界用人性和思想换来了令人窒息的美好乌托邦……

无怪乎那么多人都支持反乌托邦的观点，失去了痛苦、孤独和恐惧，人性和自由意志也会逐渐消失，如果把乌托邦里的人类换成其他生物，机器、动物或是昆虫，都毫无违和感，那人还能算人吗？很显然不能。

人性与乌托邦是一个无法分割的命题，人性中的欲望让人幻想拥有乌托邦，而乌托邦又反向泯灭人性，所以乌托邦只会是一个存在于幻想中的泡影，无法实现。

当查理认识到世界远没他曾经以为的那么美好之后，他依然乐观地生活和学习；程心也曾为人类的未来感到迷茫和痛苦；由底层民众组成的反抗军击退了入侵者，也打破了"伊甸园"的幻想；美丽新世界里也偶有一些人觉醒了思考的能力……

正是因为我们没有生活在乌托邦，有了痛苦，我们才能体会幸福，拥有独立的思想、独立的人格、独立的喜怒哀乐。

乌托邦是虚幻的，但人性是真实的。现实就是，在不完美的世界里，我们痛苦又快乐地活着。

指导教师：张　瑛

朝抵抗力最大的路径走

◎严一格

前些时日，我们一起讨论了《月亮与六便士》，为了了解思特里克兰德与高更的关系，我顺带看了《高更与凡·高：在阿尔勒的盛放与凋零》。在这本书中，作者提到，高更当初答应凡·高创立"画家俱乐部"的要求，到阿尔勒住了66天。这66天，可谓两位伟大画家的"精神蜜月期"。比凡·高大5岁的高更，是作为其精神导师与绘画伴侣而存在的。突然间，我想到《摆渡人》中一句话"如果我们每个人都是孤独的灵魂，那么谁是我们的生命中的摆渡人"，两人之间，尤其"导师与青年"之间，应该存在自渡与他渡的问题，很有意思的话题，很好玩。顺着这条线，我阅读了里尔克的《给青年诗人的信》，朱光潜的《给青年的十二封信》《谈修养》等。

《给青年诗人的信》是里尔克写给一位名叫卡卜斯的军官的。卡卜斯在里尔克曾经就读过的中学读书，他的父母期待他能成为军人，而卡卜斯本人的愿望与之相悖，希望成为诗人。他在事业与学业面前感到纠结与痛苦。于是，他将自己平时所写的诗歌邮寄给里尔克，期待里尔克能够给出相应指导。里尔克在1902—1908年间，陆续给卡卜斯回了十封信。

《给青年的十二信》是32岁的朱光潜在巴黎大学读书期间，给夏丏尊主办的《一般》投稿写的12封信，想象读者是一般有志青年。"无心插柳柳成荫"，本是偶尔为之，谁知，这12封信反响巨大。1943年，身为大学教务处处长的朱光潜，继续发力，写了20封信给当下有为青年，期待他们能成为国家栋梁之材。这20封信汇集成册，题为《谈修养》。

读完这三本书，我最大的感受是，朝抵抗力最大的路径走。这是朱光潜在《谈修养》中第二封信的主要观点，里尔克在对卡卜斯的引导中也提到类似观点。

从物理学角度看，物体要向前滑动，前进的动力必须克服摩擦力，才能完成相应位移，到达指定位置。同样地，人生也是如此，要想前进，必须用动力克服身体所受到的方方面面的阻力。在前进的过程中，试图接近理想，必须要有最大的抵抗力。我以为，朝着最大抵抗力的路径行走，用内驱力去抵抗外来的阻力（抵抗力），这是动力与阻力之间的较量与抗衡。对阻力的抵抗，意味着动力与阻力的胶质状态。抵抗力为正，内心积极向上，即动力大于阻力；反之为负，内心可能会有消极情绪，阻力一时占据上风。

今天，我想就围绕这个问题，基于这三本书的内容，谈谈我的思考。开始这个话题前，我以为，围绕抵抗力，我们必须要明确三方面的内容。抵抗力的存在，预设三方面内容：方向、阻力和动力。

方向：吾将一心向明月

还记得，曾经看过《通往特雷比西亚之桥》，电影名称好像叫作《仙境之桥》。两个孩子荡秋千荡入了新天地——一片原始森林。在森林里，他们可以大喊、可以大叫，可以呼风唤雨，可以左右一切。那里，是他们的快乐天堂，那里，他们身心全部舒展。特雷比西亚之桥，使他们通向理想的地方。这是孩子的梦想。

其实，在每个人心中，都有一个远方。在内心深处，都有一个让自己疯狂与张扬的梦想。人生就是一条河流，我们每个人都是需要渡河的人。生活在此岸的人们，都在仰望着对岸的美好。对"山那边"的渴望，萌发了多少心中的梦想。

里尔克《给青年人的信》中的卡卜斯，小小年纪，承受着不该承受之重。在父母与自我之间，横亘着生存的尴尬。"世上有一种冷叫作你妈觉得冷"，这是善意的错位。卡卜斯的父母，为了孩子能有一份体面的工作和满意的生活，让他选择读军校，通过当兵这条路能够寻找到幸福生活。父母的出发点与归结点是善良与仁慈的，甚至是不可推却的。父母之命不敢违，他选择了听从。然而，在内心，有一股小火苗，希望自己跟里尔克一样，能够成为诗人，以便抒发内心情怀。矛盾的纠结中，他想到了里尔克。

对此，里尔克认为，让生活自然进展，请你相信，无论如何，生活都是合理的。我以为，可以从两方面去思考这个问题。所谓"合理"，即合乎"伦理"与"情理"，从父母角度讲，他们的愿望更多的是从现实角度出发，着眼于未来，符合伦理；从自身角度讲，自身内在的愿望具有精神性，属于柏拉图式的，具有超现实性，符合自身主观愿望，符合情理。其实，这两者并不矛盾，并不是说，作为军官就一定不能做文学梦，做诗人梦。这是一体两面的事，不是二元对立的问题。"你现在必须应付的职业并不见得被旁的职业被什么习俗啊、偏见啊、谬误啊连累得更厉害"，现在的职业与其他工种也许一样让你焦灼不安。无论从事哪一种工作，关键的是安全现状走向内心，也许才是目前的首要选择，才是最佳的生活梦想。

这是一个人的梦想，这是一个人在试图完成生命拼图时的迷惘与怅然。柏拉图在《理想国》中曾经提出"精灵说"，在我们每个人的内心都住着一个精灵，它会引领我们完成生命的拼图。鲁迅《过客》中的那个"中年人"就是听从内心的意愿，一直在奔向前方，《圣女贞德》中的贞德也是一直在听从内心的声音；《月亮与六便士》中的思特里克兰德"灵魂逼着他要走向远方，为了自身的梦想"；《蝇王》中的拉尔夫也是听从内心的召唤要引导落在荒岛上的一群孩子走出困境。这些是个人的人生愿望。

而在朱光潜的两本书中，并没有写到具体的某一个人的梦想，因为作者在写作时并没有具体的读者，都是预设的读者。那么，在1929年和1943年，作者两次写作，都是将读者预设成有志青年。在这两本书中，朱光潜老先生讨论的话题有：读书、动与静、中学生与社会运动、多元世界、升学与选课、情与理、摆脱、个人本位与社会本位、处群、恻隐与羞恶之心、交友、体育、价值与美感教育等。范围之广，几乎涵盖人生的方方面面，关注人生的当下与未来，关心当下青年人的职业、事业与价值，关心青年人的生存、生活与终极追求，等等，空间上兼顾多元，时间上照顾前后。

如果爬梳朱光潜所及话题，我们可以发现，他认为，作为年轻人，在年轻时，首先应该树立人生目标，理清生活的意义，解决好到底为何而活的问题，要有精神的坐标。我以为，"坐标意识"起码包含这样几层意思：横向上，每一个年龄段要认清自我所处位置，在充满理想的青年时代，应该指点江山、挥斥方遒；在理想退潮的中年时代，要进行自我抵抗，认清自我与时代的关系，调适自身理想与现实关系；而到了老年时代，进入冷静时期，消退的是青春激情，沉淀的是岁月智慧。纵向上，没有人能脱离社会而独立存在，每个人都应该有胸怀天下的大气、指点江山的豪气和舍我其谁的底气，要大声呐喊：中国的马车，我们来拉！这是时代的呼唤，这也是自我价值实现的趋势。也许，正如朱光潜在书中提到，年轻人要有"三此主义"，"此身、此地、此时"，说白了就是内省自我、厘清关系、审视当下。这就是向目标进发的最佳姿态与角度。

里尔克面对的是个体，朱光潜面对的是群体，但无论是哪一种，他们都应有自我努力的方向，才不会在前进的路途中迷失方向。

阻力：万山不许一溪奔

"青山遮不住，毕竟东流去"，"万山不许一溪奔，拦得溪声日夜喧"……前进的路途上，没有一帆风顺、一泻千里的。如果梦想只咫尺之间，或者唾手可得，毫不费力，那么，梦想就没有追求的价值和相应的含金量。

在追求梦想的路途上，我们的阻力来自哪里？人生在世，无非是要处理好三方面的关系：一是人与外物的关系，二是人与人的关系，三是人与内心的关系，而最后一种关系最为重要。纵观这三本书，我以为，对梦想形成的阻力也大致来源于这三个方面。

正值青春年少，激情是资本，而理智是短板，在三观尚未定型之前，青年人很容易被外物所左右。如朱光潜在《谈摆脱》一文就指出，年轻人不要做名利的奴隶，从小不能被名利熏心，处理好"立德、立言与立功"的关系，在《谈十字街头》中，他说十字街头是很容易流俗的地方，其最大的弊端就是走向俗气，年轻人不能被俗气所左右。是的，世界是喧嚣的，里尔克对卡卜斯说，"一个世界将要展现在你的面前"，你要习惯性地将之隔离成生活的背景，而不是被"人世间的喧嚣和你的感官"所左右。可是，世界的喧嚣与世俗的功名，特别容易占据年轻人的心灵，牵绊着继续前进的脚步。这是其一。

其二，对于人与他人、人与社会的关系，有时也会产生阻力。最为明显的便是卡卜斯，他的自我预期与父母愿望之间出现鸿沟，但是无法调和，内心感到十分痛苦。再者，朱光潜在《谈修养》中也提到这一问题，提到年轻人不能凝聚成一个整体，很难凝聚精气神，形成斗志的合力。针对"处群"问题，他连续写了三封信，指出当时社会组织力薄弱，社会德操堕落，制裁力软弱，造成人与人之间很难"处群"，更为深层的原因是在不同的教育环境下产生了不同的价值取向，这才是向心力最大的杀手。为此，要想齐心协力，通力合作为国作出贡献，实非易事。

最重要的还是部分年轻人没有处理好人与自己的关系。德尔菲神庙有两句神谕：一是认识你自己，一是凡事勿过度。前者从认识层面，后者从实践层面，提醒人们要正确认识与评估自己。然而，无论是卡卜斯还是朱光潜预设的年轻读者，都没有处理好这个问题。所谓正确认识自己，最为重要的是定位自身的终极价值与精神归宿。朱光潜以为，有些人意志力薄弱、懒惰、懈怠，喜欢躲在被窝里；还有些人习惯感官消费。如他在《谈性爱问题》中指出，正常的性爱是纯洁的、高尚的，然而，现在部分青年人却沉迷其中；对此里尔克在第四封信中指出，身体的快感是一种感官体验，与纯洁的观赏或是一个甜美的果实放在我们舌头上的纯净的感觉没有什么不同，我们感受到的是身体快乐，然而，有些青年人浪费了这种体验，把它放在生活疲倦的地方当作刺激，当作过剩精力疏散的通道。"过度"消费，浪费的是青春与精力，磨蚀的是激情与斗志。还有的出现消极情绪，在本位价值与社会价值之间缺少笃定的目标倾向，在目标中摇摆，也是斗志不高的表现。

我以为，应该简化自身的欲望，以简驭繁，这才是根本之法。伊壁鸠鲁对欲望有三分法：一是自然而且必要的（吃喝拉撒），二是自然但是不必要的（高层次的感官享受，如吃山珍海味、穿金戴银等），三是不自然且不必要的（功名利禄、加官晋爵等）。这三种欲望可以简化，简化到一种纯粹，一种笃定，一种瞄准精神坐标的渴望。认清自我的坐标，在众多欲望中寻找最靠近目标的那个。

动力：不待扬鞭自奋蹄

人之所以是人，就在于能不为最大的阻力所压服。我们如果要测量一个人有多少人性，其中有一个衡量指标就是他对环境困难所表现的意志力。《荷马史诗》阶段，对人的认识，当时有个公式"能够＝应该＝必然"，这句对人的能力有夸大的成分，第一个等于号体现的是责任，第二个等号体现的是自信。这是《荷马史诗》阶段，人类的绝对自信，庶几与神相近。这是个人虚妄与自大的极端。人为了自己的目标，应该拿出动力，而不靠外在推动，也不是靠想当然的虚妄。

无论是朱光潜还是里尔克，他们认为，要想实现自我价值，或为国家做贡献，或成为诗人，都必须完成"向内转"。人有两双眼睛，一双眼睛看世界，一双眼睛看自己。目光向内，完成内在意义的建构，人生才能获得超越性的意义。

对于一心想成为诗人的卡卜斯，里尔克在第一封信中就开出"药方"：请你走向内心，去探索你生活发源的深处，在它的发源处你将会得到问题的答案，是不是"必须"的创造。"必须"创造，这是灵魂的逼迫、精神的喷薄，这是积淀的升华，这是写作的原动力。但是，面向内心，会带来寂寞，会带来孤单。这就需要两个方面的支撑，才能对动力源保温。一个是忍受，一个是热爱。忍受你的孤独，每个人在灵魂深处都是寂寞的大海，在根本上，我们都是无名的孤单。我们的选择、追求、理想，甚至是付出的努力，在别人看来有时是奇怪的，甚至一时还看不到成绩，看不出效果，为此，我们必须学会忍耐。我们需要的不是马上成功，而是马到成功。"不算、不数，不要催熟，学会等待与寂寞。"这就需要强大的意志力。在忍耐的坚持下，还要培养起对孤独寂寞的热爱，热爱你独特的状态，热爱你内心坚守的初心。也许，你的生活会发生变化。有些原本属于未来的东西，慢慢地浸入你的大脑，浸染你的思想，你可能逐渐会未来化，也许会得到成功女神的青睐。"忍耐与热爱"，会让寂寞在你身上工作，它不会从你的生命中消灭，在你的内心会赓续着一种无名的势力，影响着你，为下一次生命的转折，进行蓄势。

朱光潜在《谈冷静》中说得更为明白，做人要想保持不竭的"动"，必须"知道你自己"。他以为，在人世间，最不容易知道的是自己，因为要知道自己必须丢开"我"去看"我"。正如他在另一篇文章《谈人生与我》中指出，他用两种方法观看人生，一是将自己放在前台，和世界一切人和物在一块儿玩；还有一种就是把自己放在后台，袖手看自己和他人。其实，每个人身上存在着三个"我"：本我、自我与超我。我以为，朱光潜的第二种观看人生的方法，实则是"自我"与"本我、超我"形成互相观照与审视。从自我角度俯视本我，看到自身当下的自然属性与不足，形成羞耻之心，汇聚成鞭策自我的动力；从自我角度仰望超我，看到自身未来的神性与精神性，形成荣誉感，形成提升自我的引力。

总之，从理想的角度出发，反省自我，能够形成不竭的内驱动力。只有在这内驱力的激发下，年轻人才能从本位价值与社会价值两方面，发展自我，建构生命意义。微观上，读书养性，给自己的精神化妆，发展孟子的"四端说"，培养仁义善心，在情理之中寻求平衡；中观上，善于处群，团结他人，交友慎重，生活幸福美满；而在宏观上，需要激荡起"如欲平治天下，当今之世，舍我其谁也"的壮志豪情。

"这种寂静必须是广大无边，好容许这样的风声风势得以驰骋"，我们忍耐更为广阔的寂静，才能扬起更为宏大的风帆，朝着理想的方向前进。有朱光潜与里尔克的引导，我想，卡卜斯，那个时代的青年人，是幸福的，读到这些书的我们，也是幸福的。

指导教师：张　瑛

美好生活的意义

◎刘宏宇

经过这几个月,我们度过了丰富多彩、忙碌充实的高三第一学期。在这段日子里,我忙里偷闲做了一些阅读,包括校内要求的《白说》《不为繁华易素心》《精神明亮的人》等,还有自己个性阅读的《致命拜访》《一个人的村庄》《百年孤独》等书。在这些作品中,作者对人物都有一些栩栩如生的刻画,不同人物的生活画卷也一一展现在我们面前。从他们的生活历程,可以看出,他们对美好生活的追求以及美好生活背后真正的意义所在。

其中《百年孤独》这本书很奇妙,我读了很多遍,但有一些道理我至今仍未悟透。由于书中的人物关系及名称过于复杂,我在这里就不作过多赘述。书中的奥雷里亚诺上校是我关注的重点,纵观奥雷里亚诺上校的一生,我个人觉得他在这个家里就像是第三人一样。如果让我在整本书中选择一个与"孤独"一词最相符的人物,我肯定会选奥雷里亚诺上校。"孤独"可以说是贯穿了他的一生,尤其在他的晚年更是如此。他曾经无数次起义追求那个他眼中的美好生活,然而经过无数次失败后,他终于也醒悟了,最终一个人在梅尔基亚德斯的小房间里孤独地制作着小金鱼,与外界断开一切联系。或许孤独便是他生命的终点,或许这就是百年孤独吧。

《一个人的村庄》也是一本我很喜欢的书。读刘亮程的文字,就有种空灵和明悟的感觉,你会感觉这个人对一切都看得很明白。我觉得他在书中展现出来的就是一个已经看透生活的意义的形象。如果不了解,很难想象这本书是他在几年中断断续续写出来的。他在书中描写了他从青年到壮年、从农村到城市的生活变迁以及他内心的真实感受。

他们无一不走在追求美好生活的道路上,可是终点在哪里呢?

很多人都向往那个美好的生活。它有具体的标准吗?并没有。每个人内心的美好生活是不一样的,但它们一定都有让人向往的地方。即使很多人穷尽一生的精力去追寻它,但站在人生终点回望,仍觉得那种美好的生活是遥不可及的。或许,这才是它的魅力所在吧。

基于这几本书的内容,我希望在这里分享一下我对于美好生活的意义。我认为我们想象中的美好生活是空虚的,乌托邦式的。只有当下才是最美好的生活。白岩松在《书读久了,总会信点什么》说:如果没有阅读,你会走到死路的尽头。而在书中,你会读到跟你有着同样经历的人,在那个死路尽头记录下来的所思所想,帮你推开一扇新的门,让你有力量背负着痛苦继续行走。我在这里分析他们在追求美好的生活道路上的经历,希望帮大家找到真正属于自己的美好的生活。

向往：美丽的背后并非美好

美好生活到底是什么？这个问题我相信对于不同的人答案肯定是不一样的，对于一个穷人，美好生活可能就是丰衣足食；但对于一个富人，或许就不是那么一回事了。在这里，我不作具体回答，而是和大家分享一个故事：一个晚上，有一个警察在公园里巡逻时发现了一个睡在长椅上的人。他过去把那个人唤醒，发现那是当地一个有名的富翁。他就问那个富翁："你怎么不睡在你的家里呢？"说着，他用手指了指远处的别墅区。富翁坐起来，摇了摇头，说："那只是我的房子。"故事不长，但是耐人深思。富人的美好生活固然吸引了无数人的羡慕，但可曾有人想过他们的生活背后也许并不是那么如意。

奥雷里亚诺上校看见了自由背后的美好，被它所吸引，踏上了迈向理想中美好生活的道路。在他看来那一定是一个公平公正、没有党派纷争的世界，一个没有战争的世界。虽然奥雷里亚诺上校最后终于找到了那种生活，但为了这一切他已经付出了太多：他不仅失去了青春，还失去了和家人们之间的联系——这无疑让他更加孤僻了。就算是战争结束，他的17个儿子仍然逃不过被杀的命运。这一切难道真的如奥雷里亚诺上校所愿吗？或许他的人生注定是孤独的，或许从他出生开始命运就注定了：青春期时父母的无法理解造就了他成年后特有的孤独气质，蕾梅黛丝的死让本应沉浸到幸福中的他重新回归到孤独寂寞之中，然后是战争，战争将他变成了另一个人，另一个承受了太多而变得麻木不仁、落入孤独的襁褓中的孩子。我们不妨看看他的结局,在栗树下小便,之后就一动不动了。在他死后他的家人们花了一段时间才发现这个孤独的老人。或许这片刻的,或者说,永恒的宁静才是孤独的奥雷里亚诺上校追寻了一生的美好生活。

刘亮程之所以放弃了安定的农村生活,孤身一人进入乌鲁木齐,无非是看到了城市生活的"美好",可直到他真正亲身体会过之后,他才知道城市生活并不如表面看上去的那么光鲜亮丽。由于在乌鲁木齐没有安身之所,他甚至每周只能回家一次。在书中写到了一个不幸的夜晚,他乘坐的车在半路抛锚了,于是他只能在半夜用砖垫着翻墙进入自己的家,而本应是一家人一周一次的欢聚也只剩下碗柜里的半盘剩菜和一个馍馍。他牺牲了陪伴妻子、女儿的时间,以及陪伴了他半辈子的村庄和土地——而换来的是什么呢?是他理想中的美好生活吗?我想答案昭然若揭。在那高楼耸立的混凝土之城里,他或许再也找不到那个"一个人的村庄"了。

也许每个人生活中都会有遇到这种令人羡慕的生活,确实,这种生活可能确有令我们垂涎的条件,可它离我们还很远,可能比某种距离更远。这漫漫长路上会有什么,都是未知数。

追求:前途的背后并非坦途

《百年孤独》中的奥雷里亚诺上校之所以出名,就在于他为自由派而一次又一次地起义,哪怕没有一次成功。那么这一切源于什么呢?在面对行刑队之前,他亲眼看到了作为保守派的岳父在选举中换选票的事，那时的他还只是一个年轻气盛的小伙子，他觉得保守派都是些骗子，于是慢慢地加入了自由派，为着自由派口中的自由而战。他不满于现实中的某些党派的做法，于是他奋起战斗——为他理想中的生活而战。当然他的结果是否如意，从书中的文字就不言而喻了：奥雷里亚诺·布恩迪亚上校发动过32场武装起义，无一成功。他逃过14次暗杀，73次伏击和一次枪决。他有一次被人在咖啡里投毒，投入的足够毒死一匹马，但他大难不死。他拒绝了共和国总统颁发的勋章。他官至革命军总司令，从南到北、自东至西都在他的统辖之下，他也成为最令政府恐惧的人物，但从不允许别人为他拍照。他放弃了战后的退休金，到晚年一直靠在马孔多的作坊中制作小金鱼维持生计。他一向身先士卒，却只受过一次伤，那是在他签署尼兰迪亚协定为长达20年的内战画上句号后自戕的结果。他用手枪朝胸部开了一枪，子弹从背部穿出却没有损及要害部位。经过这一切，留下来的只有一条以他的名字命名的马孔多街道。

　　追求理想的道路总是布满了荆棘。奥雷里亚诺在这个过程中也渐渐感受到了战争的虚无，他下意识地在与赫里内勒多·马尔克斯互通电报中聊起家常，自己却没意识到，他也不再写下诗行，甚至对战事感到厌倦，不再看战况电文，每天只是睡觉，毫不管事。此时只有他自己知道，他惶惑的心灵永远失去了平静。起初他陶醉于凯旋的荣光、不可思议地频频得胜，濒临显赫声名的深渊，正是在那时，他作出决定，包括乌尔苏拉在内，都不得靠近在他身旁三米以内，他到哪里都待在副官们用粉笔画出且只有他一人能进入的圆圈中心，从那里发出简短却不容置疑的命令。之后顺势，所有起义军都承认了他的权威，至此，他站在了权力的最高点，但也从此刻开始，他也站在了孤独的顶点，于是在当天夜里，一种将伴随他终生的内在的寒冷直入他的骨髓，即使烈日当空也让他不堪其苦，最后竟成了习惯。奥雷里亚诺大权独揽却在孤独中陷入迷途，权力越大，就觉得身边越没有人可信，似乎每个人都会对他产生威胁，那时他常说："最好的朋友，是刚死去的朋友。"他厌倦了战事无常，身陷这场永无休止的战争的恶性循环中总在原地打转，只不过越发老迈，越发衰朽，越发不知道为何而战、如何而战、要战到何时。总有人这样站在圈外汇报："一切正常，我的上校。"这才是这场战争可怕的地方：一切都不曾发生。

追求理想生活的刘亮程也是如此，他为了将自己的一大家子人从黄沙梁搬到县城，再从县城搬到乌鲁木齐牺牲了多少？一片属于他的土地，还是更多？在第三辑的家园荒芜中，刘亮程提到他父亲在曾经的院子的东边地下埋了一块石头。虽然后来这块地被搬来的河南人占了，但他的父亲一直希望他们兄弟几个能把那块地抢回来。可是，现实就是这样，搬进县城后，那块地彻底地荒芜了。他在书中这样描述："眼前的景象竟让我不敢相信：无论我们家，还是那户河南人家的宅院都一样破败地荒弃在那里，院墙倒塌，残垣断壁间芦苇丛生。"即便如此，刘亮程仍然没有后悔，因为这是追求理想生活的路上必须牺牲的东西，就像你在追求永恒时必须付出生命一样。

追求美好生活的道路必定是漫长而布满荆棘的。或许这是一条通往美好生活的路,但同时你也会发现这是一条不归路,因为一旦你迈出了第一步,你也就只能不停地走下去。这不单单是因为人的欲望,更是因为你付出的代价是无价的——时间。人们用短暂的一生去追求那虚无缥缈的美好生活,可是它究竟在哪里呢?答案或许并不在前方。

回归:平凡的背后并非平庸

诗人郭小川曾说过:生活真像这杯浓酒,不经三番五次的提炼啊,就不会这样可口。奥雷里亚诺上校在经历了一切后,也放下了一切,重新操起了年少时的旧业——安心地坐在梅尔基亚德斯的房间里制作起了小金鱼,与世无争。他唯一的快乐时光就是在金银器作坊里打造小金鱼的时刻,这也是他想借此安度晚年的愿望。他被迫发动 32 场战争,打破与死亡之间的所有协定,并像猪一样在荣誉的猪圈里打滚,最后耽搁了将近 40 年才发现他理想中的美好生活,即平凡地度过一生。

从这样一位洗尽铅华的老人背后我们能看到许多:或许有对过去生活的后悔,或许有对现在生活的享受,或许还有对将来生活的冷漠。他终于如愿以偿过上了平凡的生活。同样的,刘亮程在经历了一切后终于在一个晚上发现自己为理想生活的牺牲究竟是多么不值得。他看见在床上酣睡已久的妻子,他说:"我追求并实现着这个家的兴旺和繁荣,荒凉却从背后步步逼近。""十多年前,我写下的这些天真的诗句竟道出了一个深刻无比的哲理:人无法忍受人的荒芜。"或许这是他第一次质疑自己所追求的东西是否正确,但我相信这肯定不会是最后一次,毕竟他牺牲了那么多,可换来的终究不尽如人意。

那么一个美好的生活到底是什么样子的?

我觉得这个问题可以初步地回答,首先它肯定是以物质条件为基础的,就像马斯洛需求层次理论所标明的那样——人肯定是以生理需求为基础的,这一点毋庸置疑。但是物质充足的同时,精神一定不能匮乏。现代人随着物质的丰富,精神也越发匮乏。最终看看那些所谓的"美好的生活"无非就是物质享受罢了。真就如克罗齐在《黑格尔哲学中的死东西和活东西》中所言:死亡的历史会复活,过去的历史会变成现在,这都是由于生命的发展要求它们的缘故。我现在觉得,我们现代有一些人的生命使命完全就是为下一代人而活的。而前一代人能为下一代人做些什么呢?我想只有物质了,要谈精神那是不可能的,于是人变得越来越物质。或许有的人不会相信,那么你可以问问自己:我想象中的美好生活是什么样子的?人生在世,绝不能活成像艾略特口中的"空心人"那样,否则我们将和《致命拜访》中那些被外星豆荚顶替的人们一样,丧失了情感和灵魂。

一个人活在世上,不为了其他人,也不为了下一代,人完全是为了自己而活。每个人都有自己的秘密,自己的愿望。我们活着,是为了能够亲身体会这些愿望成真的喜悦。我们活着是为了让自己更幸福。我们活着是为了让自己知道成长的快乐。我们活着是为了让我们自己了解,只要付出艰辛就会有回报。

人就是为了自己。这话听起来自私,我知道,但这无疑是条真理,就如余华在《活着》中所言:人活着就是为了活着,不为了活着之外的任何意义活着。对于生活中的琐事,我认为只要自己觉得对,只要自己觉得这样有意义,那这就是生活的意义。

人生不是别人掌握的,是在我们自己手里,不要对自己的人生失去希望。每个人都是自己的主宰,如果连你都放弃自己了,还有谁会救你?即使所有人都讨厌你,即使所有人都觉得你的生活很悲惨,可那并不重要。重要的是我们自己的想法,只要你相信你永远是繁星中最亮的那一颗。我相信这才是通向美好生活的秘诀。

指导教师:严爱军

技答精神航行之论

◎王翌辉

我自认是一个极为挑剔的读者，一个很自私的实用主义者。当我第一次接触《精神明亮的人》时仅是因为他那颇具趣味的文笔，能提升我的写作能力。而当我再次掀开扉页，"按时看日出"，我被这句话猝然击中了。诚然，我也跟着被绊倒了。当我再次抬头，那个仰视的角度，那份对苍穹的憧憬。"你还记得站在桥上时，看着在水里游泳的飞鸟，和泡着的棉花糖吗？"纯白的书，隐匿着的纯洁，从心底这样问我。

我踉跄地站了起来，在这本书上"愈行愈远"，我像个未谙世事的孩子，饶有兴致地听着这个大哥哥谈叙着他心中的世界。"所谓'成熟'表面上是一种增值，实为一种减法。不断地交出与生俱来的美好元素和纯洁品质，去交换成人世界的某种逻辑，某种生存策略和实用技巧。"正如我在开头写着，我是一个极为挑剔、自私的、实用主义者，我自觉已经失去了童心的绝大部分特征——纯洁、天真，于世界之好奇、于不尽如人意的包容……从生命美学的角度，再不能不同意这个"大哥哥"的观点了。对于我们而言"成熟"的铁皮太厚了。我们已不寄希望用撬棒与钢钳把它们剥开，更不会奢求于那代价巨大的切割机器，这也早已不是能否抽得出时间去进行长期不实用的"冒险"的问题。从社会的角度来说，这个观点规避了诸多现实的问题，显得青涩而狭义，这并不是一个成年人说得出的道理。当然，我想王开岭是有意以这种青涩的口吻来叙述，显得那本被成年否定的思想有了迂回的余地，让自己从心理上被说服，把它写下来，留给读得懂的青年，或许他已经精神明亮地走在路上，正值青春！

他在和生活对着干，和生存对着干，循着生命给他指出的路，他要"按时看日出"。我怔怔地定住了。作为一个实用主义者，看日出是我为数不多不再执迷于功利的时候，它更多给予我的是放空心灵，追思梦境的大把时间。我思索着，那定是王开岭已不同我们一样——精神晦暗了。他站在一个新的视角追溯生命，他要做精神的指路牌，他要做生命健康的人，他要做一个思想没有死掉的人，他要在橘色晨曦中做那个给生命升旗的剪影！看日出去，让每天不再守旧，不再循规蹈矩，要每天都摆脱那昏沉的睡梦般的阴郁。生命的哲学啊，你放在日出里信件的最后一封，被他捡走了。提笔至此，便总结下"生存姿态、生活理念、生命哲学"的内涵所感。

生存姿态：向阳而生，向死而生，我一如清晨之朝晖，于黑暗沉寂中诞生，无拘于疲乏的锁链，无拘于浮云遮眼，激情向上，不懈拼搏。再如那夺目的光辉，势不可当，一往无前——生存不只是为了吃饱睡足，当我精神明亮，开拓之时，我亦生存于世并活得更好。

生活理念：生活不只有上班、下班，不止于循环往复的过程，我们既已有了心之所向，诗与远方，就理应要打破"樊笼、尘网"，汲取新鲜的阳光，甘露。"樊笼、尘网"不只是日复一日的日程，不只是城市与远方的独有，它更旨在突破人心理上精神上的晦暗，突破因循守旧的思想，突破人类在对地位无形的渴望和对各方面"成长""幼小"的偏见……诸如此类，数不胜数，也只有真正从中成功一二，才能精神开拓。人按自然的话来讲，就要这样活着。

生命哲学：究其根本，精神晦暗，变化于成年和童年之间。不论从何物种来看都是如此。"初生牛犊不怕虎"，我们成长的越多，我们追求的就越少。庄子云："方生方死，方死方生。"这在此很有说服力，但我们都不是庄子，便只能在不可避免的成长中，尽力地少一份童真，多一份童心。当死之时，我们仍能在弥留一刻说着："我终于可以在天上飞了。"

我不得不感叹着，那片神奇的生命风光一定在著书时同王开岭对视着。

我静静地停下笔，向黑茫茫一片天空望去，向越过远处灯火山林望去，始终看不到生命那绚丽的风景，眼里一片浑浊。我也要远行，我脑海中蹦出这个执拗的念头。

远行，在王开岭看来，"重要的是去，而非去往何处"。那是一场精神的私奔，一次对生活理念勇敢的追逐。我们可以彻夜同眠，我们可以用自由的大网装下黛青的山廓和果冻似的湖；可以不断地在那贫瘠的精神土壤上开荒！这就是远行的本质"不拘于时和心向往之"。

之所以远行,终究是对生活理念的一种追随,一次大胆开拓。生活不只是眼前的苟且,还有诗和远方。我们只有在一定程度上脱离人类社会,在狭小的世界里觅一处穷乡僻壤,才能追溯出成长、幼小的深意……

萨特曾说过:"如果我说,我们对它既是不能忍受的,同时与它相处得不错,你能理解我的意思吗?"

从艺术的角度来说,你可以毫不怀疑地讲,历史上任何一个艺术家都不只有自己一个人。我们把多情归结于多愁善感,归结于他的过度敏感,不论景致、文字。实则,我个人来看这是人格的隔阂,我们用不同却唯一的情感态度去完成某件事时,也是这样一种人格的隔阂。不过主人格并不失去控制权,所以他拒不承认,这是私欲的解释。而艺术家的主人格始终处于一个悬崖边上,所以在大多数的创作过程与日常是极为不同的状态,这种状态指的是较完全使人转变的状态。凡·高并不总会对色彩的流动敏感,达·芬奇并不总会把发明、美术、生物的状态融为一体。这些人格彼此间必定存在矛盾与敌意,两种人格同时觉醒,在主人格失去控制的情况下,就会逐渐"可怕",却又会催生出新的艺术。这不只艺术家,在普通人中也是,我们平时所遇之事,琐碎复杂,这就必然要分出不同的人格去处理,我们以一句相对被接受的话来讲,我们都长久地戴着不同的面具。

需要补充的是,上面杂叙的仅是人心中的矛盾,而敌人在外,我认为其意义旨在人与人之间发生理念、思想与人格冲突时所产生的短期或长期的关系,它某种意义上说也是社会与个人的，人与人之间的联系，不过多描述。

　　王开岭在文中提到第一个萨特，意在提出一种杂乱无序、精神紊乱、晦暗的生活状态。而敌人是物，就很容易地理解为追求精神开朗与受制于物质生存的矛盾。我们有时憎恶社会规则，憎恶金钱，阻挠我们追求精神的开拓。但若当我们得到一笔可观的财富，得到一个利己的规则时，我们又开始赞美它、渴望它。这种现状表现出，如今几乎无人能抓住物的诱惑，只有手揎金袋的犹大。不过王开岭的片面之处也在这里，人与物是不能分开而论的，上述之物，究其根本，到底还是人的贪欲、自私和包庇。我们应不断揭发自己，却不断包庇自己，这种自己，让人作呕，通俗地说，是完全顺从自己而活的人。他们规避中心之论，以己为中心，他们的精神只在自己的脑海里航行。这里的第二个萨特，意在指出一个伪善人的样子——一部分人的样子。

　　而最后一个萨特是社会，是压得人喘不过气的成年的某种逻辑，生存技巧，规则！这种恶毒的东西促成了一种令人作呕的道德价值和生活现状。我们看除自己以外的物和人，但是不能从中看清他们的实质内容，那么怎么能够有所得并累积呢？只不过是维持着这样一种新的美化了的落后的道德观罢了。之所以说这么广义的东西是最后一个萨特，是因为他已经嵌入在一个他本不应该生存的地方。我们只需要稍加注意，就会发现，越来越多的孩子，越来越小的孩子，他们被迫把自己本该在 20 年后才开的门提前打开，他们让那样不喜欢的他们拥了出来成了第二个他们，而成年觉得这是一种成长。我在这里抨击它，同时又接受忽视它，你能理解吗？

以上的话具有极强的片面性，行文至此，我不觉已由里及表开始烦躁，那群孩子就像我一样承受着他们不该承受的东西，没有人明白，就连我们自己也是。

我自认为是上文所被痛斥的人，我是几乎拖着笔写了这篇文章。我带着兴奋起航，在这片精神之旅上走到了和萨特一样的地方，它就像我精神的缩影，愈渐迷乱，愈渐低俗，直到猥琐。

如果我告诉你，我已经受不了自己，却同时又与我相处得不错，你能理解我的意思吗？

停笔的一瞬，已至午后，没有那醒人的金光，在温厚的衣服中——懒散。

耳光。在此，"王开岭"给了我一下，也是我自己给我的。

指导教师：胡琳琳

散去一身浮躁，觅得一方清静

◎钱诗语

　　小女儿心肠者，娇憨难掩也；大丈夫意气者，不厌本色也。

　　前段时间，面对繁重的课业，我难免心生郁结，整个人十分浮躁——忍不住地皱眉，忍不住地抱怨。我的疲乏早已胜过动力。在学期末，这种烦闷达到峰值，我想就此颓唐，但我又想：我更应该寻求一种"平静"。

　　灯光和黑夜连成一片，死寂和心伤混淆一起，待一缕风过，记忆中的文字抚慰了我那颗躁动不安的心。《倾听灵魂的呼吸》曾在我迷茫时，带我走进纯白之境，在繁星点缀的夜空看月辉流淌，赐我沉静的力量。每当我陷入灰暗，这本书中的语句让我能够倾听自己内在的需要，同自己做朋友，让心灵摆脱沉重的枷锁，让一切重归平静。

浮躁之因：尘世喧嚣，杂音入了谁的耳？

疲惫、紧张、烦躁、郁闷好似那无边雪夜呼啸而来的风，携着冰花凉透浑身热血，究其原因不外乎身体被压力拖垮，内心被欲望占据，灵魂被物质俘虏。身体，内心，灵魂，这三者之间有一种共生共存，而又互相影响的关系。感官的刺激往往会改变内心的想法，那么当身处纷繁复杂的尘世，不免产生些许烦闷。但《肖申克的救赎》中写道："有些鸟是注定不会被关在牢笼里的，它们的每一片羽毛都闪耀着自由的光辉。"即使当下被糟糕的情绪困扰，也能重新找回纯真的心灵。

造成浮躁与环境有很大的关系。太在意别人的眼光是一件很愚蠢的事情，一来高估了自己，二来丧失了自己的风度和可贵的平常心。人生盛宴中，每个人都有自己的角色，也许你很少有机会坐在上位，许多时候你只是一个配角，那么，不要为难自己、苛求自己，而应该照顾好自己、欣赏自己，然后学会自娱自乐、知足常乐。拥有这样的心态，比拥有很多的观众更重要。

不是风动，不是幡动，原是心动。抛却外界的干扰，书中提到太过强烈的愿望是人生最大的坎儿。我想，这愿望可以被解释为执念，愿望成为虚妄，一切努力都是空掷。"并不是每一个愿望都有实现的结局，而且大部分都是不能实现的，适当的舍弃也是放自己的生活一条活路。"人最大的敌人不是外界，而是自己无法满足的内心，欲望是个无底洞，与其在日复一日的悲伤中一无所获，不如索性就空着，活出别样的精彩。

在行路时，令人眼花缭乱的欲望和恐惧会将我们拖向不知方向的迷途，耳畔的喋喋不休与不符期望的现实会引发烦躁，被思想拉扯的极限窒息感，将溺亡在彼岸前的怒海狂涛，生活不会善待任何人，唯有我们善待自己。

心安之得：心如止水，方可安居一隅

"把酒祝东风，且共从容。"这是欧阳修写下的诗句，像他文字中自然流露的宁静之意一般，被贬滁州，他仍旧保持轻松慵懒的态度，为政宽简，让自己和百姓都过得舒服。处事不惊的心境，让他晚年自称"六一居士"，安然度过了一生。平淡的心境能让我们更容易融入瞬息万变的世界，接受突如其来的苦难，向着灵魂的自由一往直前。

《倾听灵魂的呼吸》中讲到了李叔同的故事，"二十文章惊海内"，他初始华丽，剃须裹腰在舞台上扮茶花女；入了佛门后，成为一个眉目疏淡、行脚度世的老和尚。整个人生就像烟花绚烂后重归于寂。"问余何适，廓尔忘言，华枝春满，天心月圆。"一钵了却他的浮生，他的粗钵里盛满自由。

从前，汉哀帝刘欣听见郑崇的脚步声，总是笑着说："我识郑尚书履声。"那时候，他很器重敢说真话的郑崇。但是，郑崇后来得罪了两个人，他和皇帝的关系就闹得很僵了。这两个人，一个是傅太后，一个是董贤。傅太后是刘欣的祖母，要求刘欣封她的堂弟傅商为侯，遭到郑崇反对，于是勃然大怒，数落刘欣说："你贵为天子，怎能受制于一个小小的臣子呢?"董贤则是刘欣的男宠，刘欣对他有"断袖"之爱，缠绵得死

去活来，差点儿就把皇位"禅让"给他了。一个是皇帝的老祖宗，一个是皇帝的"枕边人"，郑崇全得罪了，他唯一的出路，就是死，只有死，才能化解皇帝对他的仇恨。当然，他死得很有骨气，令人肃然起敬。刘欣指责他说："你家门庭若市，好处捞了不少吧？"郑崇答道："臣门虽如市，臣心要如水。"周围有许多在官场上挣口粮的人，身处乱麻一般复杂的人际关系之中，每天都有数不清的应酬，每天都要解读各种各样的脸谱，每天都要面对瞬息万变的宦海风云，无论如何喧哗，如何嘈杂，如果他的内心，始终像止水一样宁静，俗世间的歪风邪气，在如此宁静的水面上，无法掀起一丝一毫的波澜，这是何等超脱的人生境界！

在尘世中，我们要学会的是如何生存，如何赢得竞争，如何光鲜亮丽，更需要学习的是，如何倾听灵魂的呼吸。

弹指间，恩怨一笑，叹人生起起落落，旧街尘嚣已匆匆而过。"人生得也罢，失也罢，要紧的是心中的一泓清泉不能没有月辉。"

一颗露珠，不会在叶面上停留太久，却可以在一瞬间辉映整个世界。真正平静的心灵，是藏在云间的润雨，是浮在林间的惠风，心灵的美好并不是刻意营造的壮丽，而是藏在一风一水之间，正是这些细微的美好构成了这个世界多彩的美丽。

何寻清静：敛下心性，摘下盛放的玫瑰

戴望舒曾言："我夜坐听风，昼眠听雨。悟得月如何缺，天如何老。"真正的清静之地，并非只是一处山林，一方陋

室，而是一种智慧清明、少欲知足的心境。《倾听灵魂的呼吸》这本书中提到德谟克里特是古希腊著名的哲学家，他晚年时把自己的两只眼睛弄瞎了。哲学家平静地回答：为了看得更清楚！后来在一本书中读到一篇关于意大利画家阿马代奥·莫迪里阿尼的文字，这位天才画家的言和行在某方面与古希腊哲学家德谟克里特极为相似，简直如出一辙。文中提到在这位画家创作的肖像画里，许多成年人的形象只有一只眼睛露出来。画家对此的解释是："这是因为我用一只眼睛观察周围的世界，而用另一只眼睛审视自己。"

我们无法做到如哲学家自甘目盲以窥心灵的程度，但我们可以试着同心灵沟通，如书名一般倾听灵魂的呼吸。《老子·四章》："和其光，同其尘。"同样是修炼心性的良句，光而不耀，与光同尘。自我的完整需要通过心灵的修炼来实现，心灵的简单是一种真实。

淡淡的日子，一个人，一杯茶，一份幽梦，一段音乐，把每一个日子都过得波澜不惊，云聚云散里看淡得失从容，花开花谢中享受岁月静好。淡看世俗无常，一切朝来夕去的过眼云烟，用淡淡的心，淡淡的情，淡淡地看日出日落，春去秋来。不必像杜尚那样"人生没有什么事是重要的"，但兴许学得他的那份洒脱与自由，也可以说出"我这一生过得非常幸福，我是生而无憾的"。

"春有百花秋有月，夏有凉风冬有雪。若无闲事挂心头，便是人间好时节。"其实，人，只要知足，便会心静如水，我们只能生活在世俗里。虽然繁杂浮华的世俗难得安宁，但平静能还我们一片湛蓝的天空，一方悠闲的心灵净土。

很喜欢杨绛的这段话："每个人都会有一段异常艰难的时光，生活的压力，工作的失意，学业的压力，爱得惶惶不可终日，挺过来的，人生就会豁然开朗，挺不过来的，时间也会教你，怎么与它们握手言和，所以不必害怕。"与其因为自身的压力，浮躁不已，错过了沿途美景，不如使自己平静下来，了解自己，跟自己做朋友，到达和谐美好的彼岸。人生本是一场修行，心安即是归处。

"羁鸟恋旧林，池鱼思故渊。"沾染的风尘越厚重，越渴望一片清净，怀念最初的单纯与宁静。恰风华正好，请珍视并守护好这颗自由的心，不要让它受困于世俗的纷纷扰扰。

"灵魂是会呼吸的，收缩吐纳之间，是清是浊，高下立见。心重了，灵魂的呼吸也不会轻松。心轻了，灵魂自然能够接近天堂。"

指导教师：陈晓涵

请保持那一份热爱，奔赴下一场山海

◎汝梦茜

四方食事，不过一碗人间烟火

还记得曾看过一篇随笔《端午的鸭蛋》，经过汪曾祺先生一番细腻的描述，成功让高邮咸鸭蛋火得出圈。"高邮咸鸭蛋的特点是质细而油多。蛋白柔嫩，不似别处的发干、发粉，入口如嚼石灰。油多尤为别处所不及。""平常食用，一般都是敲破空头，用筷子挖着吃。筷子头一扎下去，吱——红油就冒出来了。"他总能用三言两语就把美食写活了，食物的香气仿佛跃然纸上。他是当代著名的散文家，又是美食家，更是生活哲学家。

就像他在《生活是很好玩的》中所言："黄油饼是甜的，混着的眼泪是咸的，就像人生，交杂着各种复杂而美好的味道。"他的文字平淡却意味悠远，字里行间即可见到他对生活的热爱，处处透着美好的生活情趣。所谓"四方食事，不过一碗人间烟火"想必便是如此了。

那么究竟该如何充盈"热爱生活"这一概念呢？

最重要的便是对自己的珍惜。饮食规律，睡眠规律，运动规律，这些可能听起来极为简单，但我觉得简单的东西才能真正反映问题。当下很多人都熬夜，有人说熬夜是对每一天深深地眷恋。我却认为，这是我们对前一天低效率的弥补，不仅拖累生活的进度，更损害了身体的健康。这样一种恶性循环，实在算不上热爱生活。同样，也有一些年轻人，每天并不按时吃饭。都说"吃饭不积极，思想有问题"。忙忙碌碌来牺牲自己的胃，美食也不能引起他们的兴趣，我觉得他们也不会有闲心热爱生活、享受生活了。

正如三毛所说："我不吃油腻的东西，这使我的身体清洁。我不做不可及的梦，这使我的睡眠安恬。我避开无事时的过分热络的友谊，这使我少些负担和承诺。"学着去主宰自己的生活，不自怜、不自卑、不自叹……但要自爱，我以为这便是热爱生活的第一定义。

进一步说，对微小事物的体贴与尊重是热爱生活的表现之一。汪曾祺写蜡梅"满树繁花，黄灿灿地吐向冬日的晴空，那样地热热闹闹，而又那样地安安静静"；写爬山虎"沿街的爬山虎红了，北京的秋意浓了"；写秋葵"秋葵风致楚楚，自甘寂寞，不知道为什么，秋葵让我想起了女道士"。以尊重之眼看草木，都说草木无情，但汪曾祺以对"小物"的尊重和体察，写出了真挚的情感，将无情变有情。所有细微之下都隐藏着春暖花开冰面破裂的巨响，微弱的希望之火往往在不经意间熊熊燃烧，细微的力量无穷大，回归细微之处，尊重细微，与"小物"为友，人也变得更加纯洁，更加温暖。

热爱生活的最后一层释义，我认为是为生活中平凡而真挚的情感而动容。在《草木人间》中，汪曾祺用花草写出了真情。文人写花草的同时，亦写出了文人的灵魂。一如在曹雪芹笔下，草不是草而是仙草，代表着林黛玉的高洁美好；一如屈原笔下的"扈江离与辟芷兮，纫秋兰以为佩"，用香草象征着他高贵的精神品格，正是这样一批对小物蕴含的感情有着深切体会的一批文人，才使小物真情留给我们深刻的感动，感召真诚的人。

世界先爱了我，我不能不爱它

罗曼·罗兰曾说："世界上只有一种真正的英雄主义，就是在看清生活的真相后，依然热爱生活。"这里的真相个人认为是现实，现实是理想的反义词，最大的属性可以说是不完美。人生不如意十有八九，必然会遭受很多不幸，因为这就是生活的真相。

面对这样的真相，可以说热爱生活绝不是呼吁一种"佛系""躺平"的生活，生活从不是只有美好，同样也不能偏执地认为只有灰暗。热爱生活是一种勇气、一种境界。

为什么喜欢三毛的文字？

因为她的文字让人舒心通透，保持着最初的野性和纯粹。你能从她的文字中得到灵魂的洗礼和无穷的乐趣。毫无疑问她是热爱生活的，她会为一个奴隶而伤心，为一个地区的风俗而气愤，她愿意花上大量的时间来摆弄家具，如此种种，便是热爱生活的最佳注脚。人生本来不完美，自己不找点儿乐子，把一切缺陷看成前进的阻碍，却对星球的万丈光芒视而不见。与其说是生活踩躏我们，不如说是因为自己没有积极对待生活而被生活教训了。

人生得意须尽欢，热爱生活，才能拥有灵魂的触动！

热爱生活是一切改变的开端。热爱本身就是一种动力，因为喜欢所以去做，因为感受到了美好，因为美好而充满动力，这是一个循环。

《撒哈拉的故事》中姑卡的父亲将十岁的女儿出嫁，女子们认为照相机其实是恐怖的收魂机器，三毛的邻居借东西总是像"强盗"一样不还，这难道全是他们的错吗？不，生活在那样一个与世隔绝的地带，没有机会与时俱进，只能这样愚昧地活着，这并不是他们的错，并不是单靠一小部分人能够改变的。

三毛踏入撒哈拉，她选择理解和帮助他们。她毫不吝啬地给那些妇女免费看病，并且在家里给他们上课，试图让他们学会思考。用行动一点儿一点儿给他们带来改变，或许这些方法收效甚微，但对于她来说，想必是极有意义的。她在揭露撒哈拉落后的同时，对我们也是一种鞭策。选择成为一个热爱生活、积极的人，即使身处泥沼，也要敢作为，或许这就是改变的开端。

有一句话："因为有，所以无；因为无，所以有。"这句话的意思是，因为有了这些被生活忘记，被生活踩躏，被生活忽略等痛苦，才凸现了人的生命力的顽强，才能凸现与其相反的存在是多么难能可贵，是多么需要人们努力去实现。而生命的意义恰恰在于对抗困苦。对生活失败的人，只需要转过身面对太阳，阴影就一定会被留在身后。所以人们需要面对太阳，热爱生活，才能获得生活下去的意义。问心无愧，无怨无悔。不必害怕困难，大因小的存在，才显得伟岸；对因错的存在，才能显现出自己的高明；年老色衰的存在，才能显现出青春的可贵；怨天尤人的存在，才能显现出热爱生活者的美满。

需要补充的是，人因热爱生活而被治愈。"如果你来访我，我不在，请和我门外的花坐一会儿，它们很温暖，我注视它们很多很多日子了。它们开得不茂盛，想起来什么说什么，没有话说时，尽管长着碧叶。"汪曾祺在《人间草木》如是说道。生活中的细小琐碎，他像话家常一样娓娓道来，令人被这些生活中的小美好治愈，这也许就是热爱生活给别人带来的治愈和影响力吧。

揆诸当下，我们的生活有时会处于一种不稳定之中，倘若我们一直沉浸在消极的情绪中，便只能浑浑噩噩度日。不如主动打破沉默，养个花鸟鱼虫，喝茶下棋遛弯儿。热爱生活不复杂，复杂的是人心的消极。主动面对生活，或许就是此时的治愈之道。

让生活变美味的方法

有生活情趣的人，生活才快乐。《撒哈拉的故事》中的一句话："生命的过程，无论是阳春白雪，豆腐青菜，我都得尝尝是什么滋味，才不枉来走这一遭。"那些在撒哈拉茫茫沙漠中的生活场景仿佛跃然纸上。纵使这里十分落后，不仅是在物质层面上，更是精神观念上的封闭落后，三毛仍然对这里的生活充满热情。她会和荷西一起去沙漠看星星，去海边打鱼补贴家用，用心装饰自己的屋子……

汪曾祺同样有着这样的生活态度。被下放那几年，写字画画的手变成了种地的手，但他从不曾哀怨。在坝上工作时，无意中发现了一个大蘑菇，他为能带回家给家人做一碗蘑菇汤而欢喜不已。在马铃薯研究站，他每天早上起来，都会去马铃薯地里摘上一把花，回到屋里，插到玻璃杯里，对着花画画。有一次，在喷洒农药的过程中，他发现"波尔多液"竟然是好看的天蓝色，他为此激动不已，开心得像个孩子。平淡乏味的日子，他却靠着生活情趣，过得有滋有味。

因此，让生活变美味的方法之一就是我们应该变成有趣的人，我们每个人都应该找到自己喜爱的事物，全身心地投入生活，不管如何选择，都不要辜负自己的生命！就像《草木人间》里的那句："口味单调一点儿，口音差一点儿，也还不要紧，最要紧的是对生活的兴趣要广一点儿。"

汪曾祺有言道："一定要，爱着点儿什么，它让我们变得坚韧，宽松，充盈。"这让我联想到三毛在散文《痴心石》中的一句话："一个人至少拥有一个梦想，有一个理由去坚强。心若没有栖息的地方，去哪儿都是流浪。"怎样才能算热爱生活？有点儿梦想很重要。

梦想，大家想必很清楚。梦，就是目标。我们要敢于制订目标，只有有目标，才能有方向，才会向前走，才能进步。想，就是实现，是一种动作的欲望。有梦无想，那便只能称为空想。若不努力去实现，那么最终只会怨恨命运、怨恨生活的不公。

　　古今中外，多少人为梦想而执着追求。古典音乐大师贝多芬，在遭受到耳聋和双目失明的沉重打击后，没有放弃追求自己的梦想，创造出了许多音乐奇迹，最终为他的音乐生涯画下了完美的音符；林清玄小学三年级就梦想成为作家，之后他一点一滴朝着梦想进发，从十七岁开始发表文章，一直到去世前仍然不愿放下笔。伸手摘星，未必如愿，但我们应该继续对生活积极进取，开始一步一步地攀登，所谓理想，不正是我们一步一个脚印踩出来的坎坷道路吗？

　　道阻且长，梦想很美好，生活却很骨感，但只要付诸努力，绝不是一无所获的。保持热爱，有目标的人，再渺小也不会迷途！

　　热爱生活还需要培养对万事万物的尊重和慈悲的眼光。

　　《人间草木》一书，被汪曾祺谦虚地评价说是"不堪持赠君"的，因为这本书太简单，没有什么大道理，它更像是汪曾祺作为"中国最后一个士大夫"的身份，想告诉人们什么是浪漫主义者的真情。而我喜欢这本书的原因也恰恰是这个，它告诉我们如何尊重世间小物，如何发现自己的真情。我想我很难忘记卖杨梅的姑娘们娇娇的吆喝声，那是热情下的温婉；西南联大的学生们跑警报时成双成对的很多，那是青春悸动的荷尔蒙；养蜂人妻子靠着被窝织成的一顶大红的毛线帽子，那是她无私的善良与关照……这些小人物背后的人性的真善美被发掘，我想正是因为汪曾祺能够对万事万物保持基本的尊重和慈悲的眼光。

一个人活着的意义所在,取决于其对生活的态度,现在你想好要如何面对生活了吗?

总之,夫天地者,万物之逆旅也。光阴者,百代之过客也。而浮生若梦,为欢几何?古人秉烛夜游,良有以也。况阳春召我以烟景?人生短暂无常,但只要热爱生活,珍惜生活,我们便能够从悲伤里剪辑出欢乐来。请保持着这一份对生活的热爱,去寻找下一场山海吧!

指导教师:陈晓涵

信仰与文明

◎杨佳蕾

圆眸善睐，粉面含羞

"文明一直在改进我们的房子，可是文明却没有把居住其中的人同样加以改进。"梭罗如是说。突然间我想到在文明的冲击下，个人该如何自处的问题，顺着这条线，我阅读了玛格丽特的《飘》、路遥的《人生》以及托尔斯泰的《复活》。

沉湎于南北战争前未受北方工业文明冲击的贵族生活，而日渐萎靡，这是《飘》中的艾希礼身上的悲剧色彩。文明的激流冲走了往昔的安宁，也冲垮了他数十年塑造的信仰，于是他变成了一个只活在曾经的人。

一边是落后愚昧却抚育他长大的农村，一边是一心向往却难以企及的城市。在改革开放之初，《人生》中的高加林在被学校解雇后面临着巨大的痛苦。一方面他对生养他的农村怀有无比亲切的感情，另一方面，他又不甘心留在农村一辈子当农民，于是他和单纯善良的农村姑娘李巧珍产生了感情。却为了留在城市背弃了李巧珍，选择了城市女孩儿黄丽萍。当城市文明对着农村展示诱惑，年轻的心灵丢弃了信仰。

《复活》的女主人公玛丝洛娃在被男主人公聂赫留朵夫辜负后，被迫走向卖笑的不归之路。那是一个封建文明日益腐朽的时代，上流社会的人们在金钱势力的庇护下，信仰沦丧。多年后，男主人公在狱中与女主人公重逢。她身上人间疾苦所留下的印记，换回了他的信仰，他虔诚忏悔，一个旧的聂赫留朵夫死去了。一个新的聂赫留朵夫就此复活。

无论文明如何发展，个人应当坚守正确的信仰，这是我们读完这三本书最大的感受。

今天我想就围绕这个问题，基于这三本书的内容，谈谈我的思考，开始这个话题前，围绕信仰，我们必须要明确三方面的内容。何为正确的信仰？为什么在文明冲击下要坚守正确的信仰以及如何做到。

北斗七星所定处

正确的信仰如高悬在夜空中的北斗七星，为在黑暗中前行的人们指明方向。每个人都有自己的信仰，我们无法明确地分辨出对错，我们亦无法一一列举出每一种正确的信仰，我们只能将其抽象为积极的精神。

《飘》中的斯嘉丽便是一位拥有正确信仰的人，面对战胜后荒芜的庄园，她哭泣却依然说明天一定会更加美好。她辛劳却依然带着家人们活了下去，在她身上有的是好好活下去的坚定信仰。

正确的信仰，如北极星般成为人们心中的定盘针，千百年来它始终昭示着正确的方向，正确的信仰亦如是。从咿呀学语到垂垂老矣，正确的信仰，始终昭示正确的行为方式，我们才敢遵循它的指示。

也许有人会说："那么正确的信仰岂非如机器人的指令，一般人只要如机械一般盲目遵守便可？"诚如其然，正确的信仰是人们心中的一道铁律，但是也可以在理性的范围内不断地增添调整。若顽固守旧，不知变通，只会成为老古董，亲手在时代与自己之间构筑起一道无法跨越的鸿沟。时代日新月异，我们的认知与信仰也随之改变。清末民初之际，许多人无法接受社会的变化，其中不乏知识分子，他们曾经的正确信仰在巨变中成为谬误，只得郁郁自扰之。

正确的信仰不是单一的，它有多种美好的精神特质凝结而成，这些特质聚集在一起，汇聚成一个正确的、多样的信仰。

总而言之，正确的信仰是自发、恒久、积极、严肃多样的精神特质。

何事苦淹留

美国南北战争之前，艾希礼曾是一个善良体面的贵族；未进入城市前，高加林是一个淳朴聪敏的少年；未加入军队前，聂赫留朵夫亦曾是个风度翩翩的体面人。然而文明的洪流滔滔而下，他们终究迷失了自我。

在文明的冲击下，坚守自己正确的信仰，便能够帮助我们坚守初心："我是一块翡翠，我要保持我天生的色彩。"世事纷扰，人间喧嚣，但循着内心正确的信仰，我们总能唤回初心。

一个拥有正确信仰的人,他不会在困顿中迷失方向,不会在苦难面前低头,他始终会记得自己为何出发。无论文明如何冲击,无论周遭的环境如何变化,我们都应当坚守自我正确的信仰,这是人与动物的分野,是人类高贵品质的体现。站在生死场上的抗疫英雄,立在风口浪尖的抗洪官兵,人类历史上伟大动人的壮举,无一不是因为坚守内心的信仰。

也许有人会说,在面对文明的冲击时,不如让信仰随文明同化,不要逆潮流而行。然而文明亦有先进与落后之分,我们可以在理性范围内对其进行有选择性吸纳。不可让信仰被同化,若失去信仰,我们亦丢失了自我。

"你所站立的地方就是你的中国。你怎么样,中国便怎么样,你有光明,中国便不会黑暗。"卢新宁在《在怀疑的时代,依然需要信仰》中说。很多时候不是文明塑造我们,而是我们塑造了文明。文明的潮流不可逆转,但也不可以忽视微渺个体对于文明的巨大作用,我们的正确价值观往往会塑造出一个有正确信仰的文明。

高尔基在黑暗中呼喊:"让暴风雨来得更猛烈些吧。"鲁迅在冰冷的社会中低语:"愿中国青年都只是向上走,不必听自暴自弃者流的话。"无论文明如何,总有这样的仁人志士以自己正确的信仰发声,所以废土之上建立了新中国,无数微妙的个体,以自己的信仰重塑文明。

李大钊曾言:"黄金时代不在过去,乃在将来,不在身后,乃在眼前。"而只有坚守正确的信仰,才能使我们的文明如璀璨繁星一般闪闪发光。

"人人皆有定盘针，万化根源总在心"，只有追寻着内心的定盘针，才能够找到灵魂的正确方向。

明月何时照我还

在文明的冲击下，坚守正确的信仰，就必须拥有坚定的意志，只有拥有坚定意志的人才能够在物欲迷眼时淡泊，在流言蜚语中坚守，在文明浪潮下清醒。

也许有人会说，人的意志毕竟脆弱，又怎能同文明抗争，坚守正确信仰？诚如其然，外力的作用过于强大，自然生灵无不被其主宰。但正因为深知文明对于人的信仰不可逆转的冲击，我们才更要以意志捍卫心中的正确信仰。

熊培云曾言，每个人的内心都有一道善恶分水岭，最终做了什么，关键还是个体的选择，而不只是环境的逼迫。

《人生》中的高加林不正是因为面对繁华的城市文明意志不坚定，才颠覆了心中曾经的正确信仰，既伤害了李巧珍，也埋葬了曾经那个一尘不染的自己。

坚守正确的信仰，亦需要良知之心，唯有运用良知，我们才能够分辨是非对错。《复活》中的聂赫留朵夫之所以能够悬崖勒马，迷途知返，在多年之后，认识到自己当年因辜负玛丝洛娃而丢失的信仰，这是因为他仍然保有良知之心。如果说正确的信仰是花朵，那么良知便是守卫信仰的篱笆。

想要在文明的冲击下坚守正确的信仰，还需要无所畏惧的勇气。《飘》中的艾希礼之所以终日沉迷于旧日的幻影中，正是因为他失去了曾经所倚仗的贵族生活，自认为软弱无用，便再也没有重新投入现实的勇气和力量。当你与整个文明背道而驰，当你背负着世人的白眼，当你要以一种从来没有尝试过的姿态去生活、去捍卫自己正确的信仰，无疑需要巨大的勇气。

指导教师：陈晓涵

脚　步

◎李晋豫

　　陆珑曾说过，欲速是读书第一大病，功夫在于绵密不间断，不在不速也。细细咀嚼书本中的文字，往往能发现许多惊喜。这个寒假期间，我仔细阅读了几本书，有了一些启发。这些启发其实是关于我们如何看待自身的成长喜乐。仔细环视那些嘈杂的外界，他们多以"好"或"坏"来定义一个孩子。可是最最重要的是我们是否真的如外界所说，只以简单的黑白墨色来填充自己。那些埋在怯懦中的热血，藏在迷茫中的坚定……进退抉择之间，少年已悄然成长。作家不用那些或安抚、或激励、或说教的话语来替少年构建自己，而是选择站在同一高度来回忆自己的岁月。

　　我想分为三个历程阶段来写，将它总结为正视、正身、正当时。在我看来，这是我们从懵懂走向成熟的三个阶段。正视自己多是在我们对世界初有体悟之时，想做出改变。就像《红瓦黑瓦》中的林冰，在油麻地的六年，他不仅拥有了人生中无法抹去的记忆，他还完成了由一个"公丫头"向成人的蜕变。正视是要我们摆脱自身初见世界的那份敏感，主动与自己的怯懦与羞涩和解。而正身的故事，我感触最深的是《山羊不吃天堂草》中的明子，一位努力在城市生活的乡村少年。尽管他与城市生活格格不入，但他仍然努力地生活，用自己的成长诉说着那本就不屈的灵魂。要正身。我们在初入大千世界时，往往会被"乱花渐欲迷人眼"，面对谎言与诱惑，如何抉择。《根鸟》中的根鸟，便是一位用尽自己整个青春去逐梦的少年，离别过，放弃过，沉溺过，但他最终还是那个鲜衣怒马的少年郎。曹文轩的小说总有一丝少年独有的忧郁，可能与他自卑的童年生活有关。但这份忧郁总能让我联系到自身，不同的经历，相同的体悟。接下来，我将细细讲述我在三位少年中得到的启发。

正　视

一个腼腆的"公丫头"，一群被命运捉弄的少年。世事将他们的稚嫩一一抹去。被怨毒撕咬的乔桉，被击碎了骄傲的赵一亮，孤独弱小却敢于抗争的夏莲香……曹文轩用这些人的命运轨迹逼迫林冰长大成人，用苦涩浇筑了一个少年。

所谓正视，就是看见自己，看见那个理想中的自己。《慈悲与玫瑰》告诉过我们，这个自己不是在遥远的未来等你，而是深藏于你的幸福，只等着时间与机缘的大风，吹去上面的尘埃。

我们不可避免地会受到自身局限的影响，在步入一个新世界时，旧有的思维和眼界会阻碍我们更好地接触外界。林冰幼时的羞涩让他错失了陶卉的芳心。但是旧有的环境不是我们止步不前的理由。倘如蚕茧一般整日蜷缩在茧房之中，那你终究不会有破茧成蝶的一天。打破自身的敏感，不是献丑与丢人的事，是我们与自身的和解。我知道，这需要极大的勇气与决心，但是成长要求我们必须如此。故事的最后，林冰用一封信结束了他长达六年的暗恋。再次回忆起红瓦房与黑瓦房时，他已释然那份青涩的爱意。一次勇气的打破，是六年的幻影。

苏东坡政治失意后仍能游赤壁，考石钟山；贝多芬双耳失聪后，仍然谱写出了命运的乐章；孙膑被剜膝后，写出了《孙膑兵法》……其实限制我们的容器没有那么可怕，只要努力打破它，阳光就会照进来。

探究打破的本源，是那份敢于正视自己不足的勇气。林冰被艾雯当面指责自己作文的不足时，是愤怒。但当他意识到自己的浮躁与虚荣后，却能立即做出改变，提升自己。我们很多时候总要争个高低对错，总会排斥自己的不足，做一个精神上的巨婴，但却是"何其衰也"。李世民前期是一位从善如流的皇帝，开创出了"贞观之治"，人人称颂，但在后期，却是大修宫殿，求仙服丹。可见，这份勇气是多么难得与难守，但能坚持的都是精神坚定的人。

孔子在面对三岁稚子的提问，能认识自己的不足，感叹道"三人行，则必有我师"。对自己的弟子也能"以吾一日长乎尔，毋吾以也"。敢于正视不足，才会有进步与收获，才能日日精进。

正视会让你获得时间上的长久。一个成熟的人，不会沉浸在自己创造的完美世界之中。林冰可以原谅乔桉对他的怨恨，可以体谅爷爷的年老与他当年的过错。死死抱住昨日不放，今日就不会开始。时光的箭永远向前飞，你有什么理由停留呢？很喜欢《皮囊》中阿婆的一句话"我很舍得"。舍得放下，舍得向前看，舍得与过去做最长情的告白。《朗读者》这个节目曾经邀请过咏梅做嘉宾，她曾用温柔的语调请求道："请不要将我的皱纹 P 去，因为它是岁月给我最好的馈赠，我已经与它和解了。"就是这位女子，赢得了所有人的赞美与掌声，亦赢得了她悠长的岁月。

正视的背后是敢于和解的勇气与力量，只有踏出自己的世界，突破自身的敏感，我们才有足够的力量去遇见新的自己，否则将永远深陷泥沼。

正　身

一群饥饿的羊，面对一片长得高贵诱人的"天堂草"却不肯将头低下，若干天后，竟壮烈地一只只倒毙。这"天堂草"究竟是供人充饥的牧草，还是一击毙命的毒草？明子随师傅来到外面的世界闯荡谋生，但似乎永远也走不进那个世界。三个悲苦的异乡人，在城市的脚下毫无尊严地活着，但他们用自己的方式诠释了，不该吃的草，即使来自天堂，也不碰分毫。这是书中对正身的解释。

正身要求我们明确方向，坚守内心。柏拉图的《理想国》中构建了一个"精灵王国"，每个人的心中都有一个精灵，指引我们人生的方向，完成生命的拼图。这只精灵便是内心的道德操守。

溯源正身，是一个人的道德准则。《山羊不吃天堂草》中的师徒三人就有许多关于道德与生存之间的挣扎，令人无奈又心酸。三和尚教唆徒弟去偷木料，被抓住后却矢口否认，人性在金钱面前一文不值。但书中最终给了我们一条不变的铁律：宁可饿死，也不碰那些不义之财。不义之财就像是"天堂草"一般，能解一时之饥，可也能一击毙命。道德不会给我们带来财富、荣耀，但却始终保护着我们的人性，让我们体面地生活。康德的墓志铭上写道：有两件事是我愈思考愈觉得敬畏的，那就是我头顶的天空和我内心的道德法则。确实如此，在明子出师时，三和尚向明子保证，只要有他的一口饭，就会有黑罐的半口。师徒情谊也在此得到了升华，即本分地做事，有尊严地活着。

林肯做过如此比喻：品德如同树木，名声如同树荫。我们常常注意名声，却不知树木才是根本。确实如此，道德的加持才会让我们赢得干净，赢得长久。

可我们仍然需要注意，道德绝非绑架他人的绳索，正身也绝非为他人提供攀爬机会。在我们强调道德时，一些别有用心之人会使道德扭曲，如今的"道德绑架"一词便是如此兴起。罗素曾用一句话阐述这一现象：若理性不存在，则善良无意义。所以，请照顾好你的善良，最好让它开出玫瑰，用刺保护它的美，你的善良，必须得有点儿锋芒。道德之人绝非你欺骗、寄生的对象。前几年的"扶不扶"的问题，就像是一颗深水炸弹，激起了热烈的讨论。可事实的结果是后续的老人因疾病发作而去世，现场却无人帮助。一个人的碰瓷，却导致了整个社会的冷漠。就是这种撞了老人一定要巨额赔偿的理念让很多原先有悲悯之心的人"望而却步"。这种现象的本源不就是对道德的扭曲吗？

举"道德绑架"的例子不是让我们用怀疑的态度去面对这个世界，而是为了更好地保护你的善良，守护梦中的玫瑰。正身正的是自己的道德准则，但同时别忘记给它穿上铠甲，让它坚不可摧。

正 当 时

根鸟是我认为最热血的一位少年，只是因为一个梦，就独自踏上了寻梦的旅程。其实我们每个人的心中都有一个根鸟，一个敢于不顾一切去逐梦的少年，即使被骗、染上恶习、路途艰辛，我们还是会一步步走向终点。在困难面前，我们必须选择，要么对一切屈服，得过且过地生活，要么就得努力，朝梦想进军。

抓住这难得的时光，我们万不能得过且过，糊涂潦草地糊弄过去。时光顺流而下，可我们偏偏要逆水行舟。

正当时的背后是人的主观能动性，你是否足够渴望，取决于你是否真的想要。故事中的根鸟就是忘不了那个梦，所以他从安逸的生活中挣脱，向那片未知的花谷。蒙田将主观能动性解释为精神上的不满足：精神如果满足，表明它已经萎缩或是疲劳。高贵的精神，在自己的体内，不断超越，永不停歇。的确如此，人们在饥渴的状态下会茹毛饮血汲取养分，过早满足，会让你止步不前。那又如何谈当下和未来？

时间的步伐有三种：未来姗姗来迟，现在像箭一样飞逝，过往永远静立不动。席勒在说出这句话的时候一定是明白当下对我们的意义，他才会如此重视现在。

当下的你要为你的过去负责，也要为你的将来负责。好好地继承过去的遗产，将来会回赠你一份厚礼。故事中的根鸟在遇到钣金之前只是一个逐梦的少年，但钣金让他明白了当下逐梦的意义，让他在迷途之中仍能找到自己的方向。所以，不要怀疑自己的付出是否值得，不要过早地期待回馈，因为回报总在将来，我们要做好每一个当下。

以上便是我对书本的一些感悟，在这个年纪，我从少年身上去读少年，去对应自己，发现无论男女，彼此都有相同之处。自负、怯懦、大胆、勇敢……我们本就是少年。

指导教师：陈晓涵

借青春之帆，扬审美精神

◎李馨诺

写在前面的话

当代著名画家吴冠中曾说："文盲不可怕，美盲才可怕。"在他看来审美可谓生活中必备的一部分，是生命品质的一部分，人无审美，生活则没有了情趣。木心先生说："没有审美力，是一种绝症。"把审美作为生活中乐趣的来源，会让生活因此变得多姿丰富，而缺乏审美力，生活则会变得千篇一律、暗淡无趣。所以没审美比没知识还可怕，慢慢培养审美，提高我们自身的审美需求，更是我们自身修养的一种提升。

粗粗地读过朱光潜先生的《谈美》，是继《给青年的十二封信》之后的"第十三封信"，全书从"谈美"为"免俗""人心净化"的目标出发，依次解释了美的来源，美的本质，并阐述美的特点，层层深入，抒发了朱光潜先生的审美理想，更表达了他美学研究的理想目标——"人生的艺术化"。在书中，他曾提到："真和美的需要也是人生中的一种饥渴精神上的饥渴。你遇到一个没有精神上的饥渴的人或民族，你可以断定他的心灵已到了疾病衰老的状态。"在看到这句话时，便引起了我的思考，审美自古都深受重视，经古今巨变，在各个方面，人们在审美理解和审美感悟上都有了突破性的变化，而如今随时代变迁，生活质量的提高，社会环境的改变人们对于审美的标准和需求也有了天翻地覆的变化。顺着这条线，我分别阅读了宗白华的《美学散步》、李泽厚的《美的历程》《美学四讲》。

读完这三本书，给我最大的感悟是，我们要借文化之帆，扬审美精神。审美一词在古代先贤的古籍中也是如此的高雅，由此观之审美的存在从古至今都为人们所重视。古往今来的文化传承更是影响着审美精神的升华和转变，顺应时代文化的发展，我们作为新时代的青年，更要重视这一方面的提升，学会欣赏，品味和感悟美的事物，发掘生活中美的点点滴滴。

从哲学伦理的角度出发，审美的释义是领会或鉴赏物品，风景或艺术品等的美。依照哲学的观点，审美是人的一种思想意识和高级的情感，是人类对客观现实中通过感知美，所引起的一种精神体验和快感享受，人们以主观思想，通过感官和思想客观地对美进行改造，并创造出自己心中的美，创造出更高级的美。审美的定义以此可以分为客观和主观，康德认为美的表象与客观事物没有联系，审美的产生仅仅是因为人们主观选择，是与人们的主观情感结合在了一起，是主观臆断的产物。审美一度被认为是客观的原因在于，人们认为人只不过是被动的鉴赏者，审美理念受到许多客观因素的牵连，由于社会时代背景的不同，人们对审美的评判标准也会发生改变。

今天，我将围绕这个问题，基于这三本书的内容，谈谈我对审美的深刻理解。

目的：品审美本质，创审美突破

审美，是人类理解世界的一种特殊形式。审美来源于美学，而美学是哲学的一个二级学科，是对美的本质及其意义的研究为主题的学科。从哲学角度出发，美没有准确的定义和边界，美的普遍本质是各种形态的具体表现。

我们可以将审美，从"审"和"美"两个角度分别解释。"审"作为一个动词，可组词为审判、审视、审阅，因此"审"的主体是人，也是一种主观的判断能力。"美"是一种抽象的存在，有美的存在，才会有审美的出现，所以美的存在是审美的基础。美是属于人的美，而人们对于美的认知是各有千秋的，因此，个人的审美学需求是不完全相同的，是有所区别的，但也是有共同点的，这个共同点则表现在整体的社会风格和社会文学艺术的发展上。

关于美，朱光潜先生曾说过："美是客观方面某些事物，性质和形态适合主观方面的意识形态，可以交融在一起而成为一个完整的那种性质。"李泽厚在《美的四讲》中，对此做出了解释，人的主观情感，意识的相结合，达到主客观在意识形态上的认同，才能产生美。因此李泽厚先生对于美的根源的解释是"自然的人化"，即实践。

进一步说，每个人都具有审美，但每个人的审美是不一样的。我们更不能说自己没有审美，审美是一种主观存在的东西，就如主观观点和想法一样存在于我们的思想中，我们的审美在不被认可的时候，并不代表着我们没有审美，只是我们的观点与他人的观点存在着一定的矛盾和不同。这是一种普遍存在的现象，并不是我们一味地否定自己的理由。在我们认为自己的审美与他人发生异议的同时，一方面可能是因为我们的审美素养不同，另一方面是因为我们并没有完全找到让别人所认同的自身亮点。而寻找自身亮点，提高审美素养更是需要时间慢慢去发掘的。

审美可以作为一种启蒙教育，从小培养审美更有利于个人素养的提升，个人艺术情操的发展。大家都喜欢看《红楼梦》，曾经也以研究《红楼梦》兴起过一股红学的浪潮，人们之所以对《红楼梦》如此热衷，我认为一部分原因是人们被其中的美学价值深深吸引，这是一种文学审美的精神体验。从《红楼梦》中我们可以挖掘到诗词的艺术美，风景的意境美，吸引读者的正是这种舒适美的存在，鲁迅曾说："悲剧将人生的有价值的东西毁灭给人看。"而《红楼梦》的剧情就是这样的存在。读书可以陶冶情操，在读书中感悟美的存在更能让我们理解美的本质，加深我们对美的思考。

诚然，我们只有懂得美，理解美的本质和内涵，才有可能将美运用于日常生活中，才能向他人展示我们的审美观点，从而突破我们自身的审美精神和审美素养，再进行审美的有效突破。

方向：随社会文化发展，展美学盛典

一个时代的审美最直观地体现于艺术文化上的成就，我们的历史书上也记录着过去那些闻名于世的巨作。金碧辉煌的美学圣殿，为我们展现了那个年代所特有的独特的文化艺术风采，展现的是人们的智慧结晶，表现的是时代文化精神，审美精神感染着人们的思想、情感、观念、意绪。

从远古到明清，从东方到西方，审美随着时间和空间上的不同而发生转变。李泽厚在《美的历程》中说过，时代精神的火花在这里凝练，积淀下来，感染着人们的思想、情感、观念、意绪，经常使人一唱三叹，留恋不止。我们在这里所要匆匆迈过的，便是这样一个美的历程。那么，得从哪里起头呢？得从遥远得记不清的时代开始。审美是一个时代性很强的东西，时代的改变即使是几十年，审美也会有很大的变化。

时代展示的美学是一种有序的动态演变，一种对历史的阐释，一种对人们审美思想的展示。看起来混乱无序的艺术表现发展历程，实际上也是有根据、有目的、有逻辑、内在的发展。在《美的历程》中李泽厚先生带领我们畅游于中国历史美学的圣殿，从远古时期审美与艺术还未独立，到先秦时期审美理性精神的传播，从楚汉浪漫主义伟大艺术传统的出现，再到盛唐对美学形式和内容的严格结合和统一，从宋元山水意境的世俗艺术表现，到明清文艺思潮人们审美精神的受限和严重变质。从中国历史的美学历程来看，历史向我们展示着审美理想的转变，并非都由艺术本身所控制，决定它们的归根结底是现实生活。由此观之，社会的转型对审美的发展极其重要，随社会发展，美才能充分地被展现，审美精神也因此才能毫无保留地被释放。

"美之所以不是一般的形式，而是所谓'有意义的形式'，正在于它是积淀了社会内容的自然形式。"李泽厚认为人之所以有能力从审美的角度欣赏美，在于社会提供了自然环境，社会的转变改变了人与社会的关系，而文化突破也正是影响社会发展的一大原因。

"人的觉醒是在对旧传统旧信仰旧价值旧风习的破坏、对抗和怀疑中取得的。"随着社会发展，社会新思潮的出现，让人们意识到旧社会文化的腐败。思想迎来了大解放，更是人们审美追求上的解脱。人们迫切地对美的追求，也展示了人爱美的本性。人，本就有一颗追求美的心，只不过你是否正视过它的存在，你是否在成长的同时，将它视为成长生活的重要部分。

由此观之，人们对于文化的认知，对个人审美也有着极大的影响。人们在接受文化洗礼的同时，表面上改变的是人们对学术的认知能力，更深层次改变的是人们的综合素养和情操，从而改变的是人对美的感悟，对美的理解，对美的要求。

目标：解美学密码，畅游审美海洋

美国新现实主义绘画之父罗伯特·亨利在《艺术精神》中的一篇文章《什么是丑，什么是美》引起了我的思考。罗斯金说："绝对的丑陋是没有的。"英国浪漫派诗人济慈也说："美的事物是永恒的喜悦。"那么到底如何评判什么是美，什么是丑呢？美与丑的界限又能在何处表露出来呢？

进一步说，美与丑是文学艺术辩证规律的一个术语。审美是对美的审判,是在审美活动中,对美的主观感受,而当人们感受到会损害自身审美感受的客观事物的存在,就会让人产生排斥和厌恶,并产生心灵上的冲击,人们以这样的方式来判断丑。

究其根本,我认为美与丑的判断和个人审美有关,美与丑的界限本就是主观臆断的,没有理论上的界限。以什么样的方式看待美与丑,正是自身审美素养的体现。每个人判断美的标准是不同的,所以每个独立的个体都活在一个只有自己的独立的美学圣殿,我们要尊重每个人对美的判断。

也许有人会认为,自己没有审美能力或者对自己的审美能力没有自信,宗白华在《美学散步》中提到:"美对于你的心,你的'美感'是客观的对象和存在。"所以我们不能完全误判自己是没有审美的。罗丹说:"美是到处都有的,对于我们的眼睛,不是缺少美,而是缺少发现。"当我们感知不到美的时候,我们更需要从自身出发,审视自己的问题。而不是一味地否定自己,否定这个社会,更不能认为这个世界上本就是缺少美的存在。美是需要我们去创造、去表达的,人们所表达出的美,也只是个人在主观思想创造出的一部分美,你可以去反对那样的美,你也可以去诠释自己所赞同的美,这个社会就是在审美的不断筛选中,展现它独特的一面。

纪伯伦曾说过:"美在向往它的人心里比在看到它的人眼里,放出更明亮的光彩。"我们不能一味地去接受别人所表达出来的美,那永远只是别人的观点,我们可以去多看,多学习别人的审美理念,去充实、反思自己的审美理念,这也是一种提升自身审美水平的一种方式。我们唯有用心去感悟，去表达对美的渴望，我们才有可能在此领域有所突破。

解开美学的密码，才能畅游于审美海洋。

木心说："无审美力者必无趣。"那么我们该如何提升自己的审美来丰富我们的生活呢？审美似乎一直是以一种抽象名词的形式存在于我们的思想中，事实上审美有着极大的可塑性，它不是一成不变的，在我们的成长过程中，审美都在不断变化。审美的天赋固然重要，但后天的培养和塑造对我们审美能力的提高更为重要。为了提高审美，我们可以适当地开阔自己的眼界，进行多方面的审美活动，培养自己对美的感悟和敏感力，去接触一些自己感兴趣的、能够陶冶情操的爱好，这不仅能丰富我们的生活，也会让我们对美的认识更加深刻。审美的直觉性是需要坚守的，审美本就是一种直观的感受，这种感受是我们判断美的工具，要用审美直觉去对抗世俗的粗糙。

每个人的审美观念是不同的，要对自己的审美能力有自信，更要随着社会文化发展，不断更新自己对美的判断。审美是一个长久积累的过程，先要慢慢去感悟、理解内涵，了解其本质，最后才能以自己的审美理念去创造想要的美。在我们最美好的青春年华，播下审美精神的种子，期待着它的生根发芽，以促进整个社会对审美培养的重视，从而促进中华优秀文化的传承和更新。

指导教师：陈晓涵

剧变的生活,我们如何自处

◎陆玖翎

近年来"丧文化"的流行让太宰治再次名声大噪。"生而为人,我很抱歉"似乎成了青年人深夜伤感文案的标配。然而,这句话却是出自《二十世纪旗手》,而非是出自所谓的《人间失格》,而这句话的真正含义也被曲解了。现象表明,"太宰精神"正在为人所忽视。"在我伸展的前方好像洒满了阳光。"(《潘多拉之匣》),在颓丧迷乱、自暴自弃的背后,纵是太宰治也会有这样温柔的对生命的向往。于是,我将他的部分文章分作两类:一类是沼泽式的阴郁,如《人间失格》《维庸之妻》《斜阳》《女生徒》,一类是号角式的昂扬,如《二十世纪旗手》《快跑!梅洛斯》《潘多拉之匣》。太宰是二战时期的人物,二战因各资本主义国家利益冲突而起,我无可避免地要从根源上寻求原因。于是,我搜索了一些有关资本主义国家建立与发展的条目。在这里,我遇见了赫尔曼·麦尔维尔的史诗级长篇小说《白鲸》。它所包含的所有隐喻和精神内涵竟与"太宰精神"惊人地相似,甚至可以说是在多处不谋而合。由于太宰先生的作品太多,此处不便一一赘述,只好挑选一二有代表性的作品展开细说。于是，我选择了《潘多拉之匣》《维庸之妻》。当然，还有赫尔曼的《白鲸》。

追溯至1851年前后，即《白鲸》发表的年代，西方国家的历史轨迹发生了急转弯，从封建社会剧变为资本主义社会；从依靠自然力在经济和社会生活中维持低限度生存水准，与大自然保持相对协调，剧变为以资本和利润为根本目的和基础动力，开始征服和改变大自然。

其中可见二者共通之处：生活的剧变导致青年人对时代的不解，正如斯泰因为海明威《太阳照常升起》所写的引诗："你们是迷惘的一代，蔑视一切，一醉方休。"

对此，我以为，在生活的巨变面前，青年人应当抓住被暴风撕裂的三角帆，做21世纪的旗手。

风暴撕裂我们赖以前行的三角帆，将我们可怜的船只抛上抛下，我们只好抓住帆，迎着所有的巨浪咆哮，向无尽大海深处航行，待到万事转头，只剩一片风平浪静，我们已然成为引领这条航线的旗手。

关于这个话题，我将围绕这三本书展开，于是设定四方面内容：释义（是什么）、状况（为什么）、要诀（凭什么）、作为（做什么）。

释义：在绝望中举起希望

一个问题：你听说过希腊神话中《潘多拉之匣》这个故事吗？正因为人类打开了不该打开的盒子，病痛、悲哀、妒忌、贪婪、猜疑、阴险、饥饿、憎恶等各种不吉利的虫子都爬了出来，嗡嗡地飞来飞去，覆盖了整个天空。从此以后，人类不得不永远生活在绝望的阴影之下。然而，在那个盒子里，却留下了一颗微小的发光的石头，在这颗石头上隐隐约约写着"希望"两个字。

那么，希望是什么呢？我想，大概是对生命仅存的渴望与热爱吧。我以"标枪与胜券"来称呼它。

赫尔曼和太宰治所处的时代，都经历着社会转型。一个是资本主义新生，一个是资本主义重建。《白鲸》中对这种变化赋予了这样的象征："冬夜茫茫，'裴阔德号'船头恶狠狠地劈开冰冷的浪花，驶入无边无际的黑暗之中。"新事物、新状况、新形势的出现，带给人们强烈的陌生感，恐惧和孤独像没有网眼的渔网般笼罩在所有人的头顶。

同样的，青年人也不约而同地受到这种创伤，许多人因此失去前进的方向，失去生活的信念，开始寻求新的刺激，寻求所谓绝对自由，陷于重重绝望的深渊。但是，他们并没有失去对人性的渴望。太宰先生的《潘多拉之匣》第一节最后一段写道："我绝对没有因绝望而变得虚无。扬帆起航，不管是什么性质的起航一定会给人带来某种朦胧的期望，这是自远古时代就未曾改变的一种人性。"他们不断追寻生命的真正意义，并以此为明灯，探索着一条条不一样的人生道路，似乎永远年轻，永远怀有希望。

朝雾卡夫卡在《文豪野犬》也表达了这样一个意思："每个人都在为了知晓正确的生存方式而不停战斗。为何而战？要如何活下去？没有人会告诉你答案。我们能有的只是迷茫。向着水沟深处，漫无目的地奔走，就像满身泥泞的野犬一样。"而充满戏剧性的是，这段话正是借书中人物"太宰治"之口所述，竟很好地贴合了历史上真正的太宰治所要表达的精神，一时传为佳话。

其实，世上哪有什么前方，不过是人们各自在自己以为正确的方向奔跑，坚持不懈，才闯出了各自的光明前景，于是他们走过的路便成了后来者可以嗅而循之的前方，前赴后继。青年人，须知逡巡不前就会失败啊。向前一步，你或许就能抓住那片被暴风撕裂的三角帆。

状况：风暴与战争

赫尔曼所处的时代，掀起了一场资产阶级革命的风暴与浪潮；而太宰则是连同那个时代所有人一起，被卷入了一场资本主义国家之间瓜分利益的战争。

那么，看看现在吧。资本与物欲横流，人口激增，对新一代高素质人才的市场需求越来越大。人人都想出人头地，飞上枝头变凤凰，人人都在努力，有的人是天生要强，有的人则是看到对手的努力而不得不努力。

其中的核心是什么？"内卷"。对，就是"内卷"。我们从生下来的那一刻起就在被不断攀比。你一定从别人口中听过"别人家的孩子"吧？为了成为"别人家的孩子"，我们不得不比别人努力，挣命地努力，却不知道"别人家的孩子"意味着什么，也不知道这样做到底是为了什么、能获得什么。他人的认可，所谓的成就感？没有人知道。就此造就这样一个

"内卷时代"。此所谓"战争"。

生活总是艰难的,每个人都有各自不同的烦恼与困境。生活富足者需努力维持富足的生活,贫穷的人需努力摆脱贫困,这就是人们不断向上爬的动力,竞争十分激烈。此所谓"风暴"。

或许,在"风暴"与"战争"的双重击打下,我们唯有抓住被击碎的三角帆,才有可能不被裹挟而去,才能驶出属于自己的航线,探索这一片广阔的人生海域,收获数不清的奇珍异宝吧。这才是人生的真谛,而非太宰在《维庸之妻》中借女主角阿萨之口所说的"我们只要能活着就行了"。太宰先生在这篇文章中狠狠揭露了那些被战后毁灭性精神伤痛击倒的人们放纵兽性、绝望颓废的、令人不齿的行径,表现出一种对生命意义的重新认知。而麦尔维尔在《白鲸》中早已发了讣告,明确点出这一状态:"人类的伟大是常与人类的病态相伴相生的,你们可要警惕!"同时也向我们尖刻地指出,"你经历多少不幸必将会得到多少幸福。"我们能做的只有起身,然后抱着清醒的、必死的念想,抛却混沌苟活的愿望,迎面痛击生活中向我们扑面而来的一切阻碍。

要诀:标枪与胜券

而谈及"标枪"与"胜券"时,就不得不提起这两个喻体的共通之处。"标枪"与"胜券",都需要被紧握。"标枪"是个人能力的一种实质化,能力越强,"标枪"就越锋利。唯有握紧"标枪",并不断磨炼"标枪",才有足够强大的个人能力去刺穿"风暴",赢得"战争"。而"胜券"则更多地表示抽象的必胜的信心与决心。因此,要想获得胜利,"胜券在握"也是必要条件。

《维庸之妻》的女主角阿萨,不正是因为坚信丈夫能够还清小酒馆的债务,并且自身具有良好的行业服务能力,而最终找到合适的生活方式与人生价值,与丈夫和孩子和睦幸福下去的吗?

但需要注意的是,"标枪"与"胜券"不像鱼与熊掌那般不可兼得。相反,"标枪"与"胜券"都是走向成功的必要性因素。如果光有"标枪"却缺乏"胜券",畏畏缩缩,就不会有机会,空有能力也无处使,又怎么能获得成功呢?然而,如果没有"标枪"而只有"胜券"的话,又会沦为纸上谈兵,虚张声势。正所谓"空手套不着白狼,空口说不出盛唐",夸夸其谈有一套,真正做起来却没了真本事,那么成功的图卷将不会对他展开。

《白鲸》的主角以实玛利斩钉截铁道:"即使是牺牲自己,我也会照亮什么,我敢于这样做。我有这个决心。"正是这样。要有牺牲自己的觉悟、照亮什么的能力、敢于这样做的信心与决心。

我们须意识到所处的艰难环境,不畏惧它,正视它,抱着必定成功的信心与决心一意向前,怀有真正属于自己的、在险境中不断磨炼的能力,如此才有可能成功。倘若这样也是走向失败的结局?那么,我们也曾战斗过。我们虽败犹荣。我们依旧要这样走下去。

太宰在《潘多拉之匣》的结尾处充满欢欣和希望地写下这样一段文字："迄今为止，我们出现的地方，不是都自然而然变得充满光明了吗？今后我们只需默默前行，迈着不快不慢的步子，以非常正常的步调勇往直前即可。"

我们走过的路，在经过它的时候还是一片迷蒙的灰白色，惨惨淡淡，跌跌撞撞，如堕烟海。然而，走过之后，这烟海也只是风平浪静，曾经所有的不解与困惑全都变成一片澄澈明艳的晚霞色，每次回忆起都是一次惊心动魄，都有新的感悟。

绝望如《人间失格》，也有这样的文字："我无法呆坐在一个没有门窗的冰冷房间里，哪怕外面是一片不合法的大海，我也要不顾一切地跳下去游泳，直到死去，对我而言反而更舒服些。"漆黑的海面，或是海底，将我们紧紧扼住，不容呼吸，不容反驳。"标枪"和"胜券"是我们仅存的东西，我们借此奋力挣扎。我们一谈起向往就呜咽。

作为：我要向山举目

《圣经》有言："我要向山举目。"向山举目，首先要认清什么是"山"。

山有其阴阳面，我们所需举目之"山"，也有两层含义在内。一为模范，二为险阻。一为模范，故需仰视它，尊敬它，努力地超过它；二为险阻，需蔑视它，挑衅它，高傲地超越它。我们向山举目，如此才能确定自己的人生目标。只有明白自己真正想要什么，将来想要面朝什么方向，最终应该到达什么地步，才会有确切的过程来达成这一目的。否则，即便拥有面对风暴与战争的勇气，拥有紧握标枪有胜券的能力与信心，不知该如何去达成的理想，也只能是空想。

赫尔曼在《白鲸》中坦言："世间万事中，没有什么是困难得叫人达不到的。只要你不怕付出代价。"目标再高远，艰险再繁重，也抵不过一个敢于向山举目，敢于直面风暴与战争，敢于挥动手中标枪与胜券的人。无论多么高的山，终有翻越的一天，只要我们愿意。彼时，便是一片云开雾散，风清月朗。而我们，也会成为一座新的高峰，让他人遥遥举目，供他人来超越。

《白鲸》《维庸之妻》《潘多拉之匣》三本书完完整整地向我们展现出了一条路，一条向死而生的路。它们用小说的形式向我们吐露一个道理，面对巨变的生活，我们要向山举目，要认清风暴与战争的本质，要用手中紧握的标枪与胜券迎头痛击它。

指导教师：陈晓涵

实现人生价值,活出生命的精彩

◎张语迅

生命是一段优美而富含韵味的旋律,是最美丽、最真诚、最微弱的,同时也是最坚强的。有一句话是这么说的:句号要画在句子最漂亮的地方。生命也是一样,我们就应该活出生命的精彩。

什么是生命的精彩?史铁生在《命若琴弦》中说:"世界上最宝贵的莫过于生命。"植物有生命,所以有春荣秋枯;人有生命,所以有生老病死和悲欢离合。所有的生物都有生命,有自己的生长历程,都应该有属于自己的可以任意翱翔的天空。我以为生命的精彩,往往在于实现人生的价值,让我们为之拥抱,让我们为之喝彩。

如何衡量人生的价值?有人说,活得越久,人生价值越大。可是,你哪怕只活一天,也可以努力实现抱负。所以,我以为应从厚度和宽度来看。我们处在立体的空间中,只从一个面去看,就会导致片面和局限。他山之石,可以攻玉。就像空间直角坐标系中的计算,以三个相互垂直的基底建立坐标系,分别为 x、y、z 轴。那么我以为生命也能"建立空间坐标系",

分别为长度、厚度、宽度。

长度：贵在有限应珍惜

长度，不用说，就是活的寿命。每个人都有近百年的寿命，看起来漫长，实则短暂，不然我们也不会感叹"时间都去哪儿了"，还想"向天再借五百年"。

也许有人会说："生命的长度不可强求。生，我们无法选择；死，又是必然的，任何人都无法躲避，所以生命是悲伤且枯燥的。"诚然，不可否认，生老病死是生命的客观规律，是不以人的意志为转移的。所以，我们不要总是担心生命的长短，害怕死亡的降临。因为有生有死，才符合自然界的发展规律。既然长度无法改变，那么就应该充实内容。雷蒙德·钱德勒说："你知道，故事的结尾并不重要，生活唯一确保的就是死亡，所以我们最好不要让那结尾夺走故事的光芒。"

生命，每个人乃至每个生物都只有一次，只有今生，没有来生。正因为生命只有一次，我们都意识到了生命的宝贵，物以稀为贵嘛！所以许多人都想方设法地延长生命，鲁迅说："节省时间，也就是使一个人有限的生命，更加有效，也等于延长了人的生命。"所以，生命的长度有限，我们应珍惜时间，珍惜时间应从当下做起。

奥斯特洛夫斯基说："人活着，不应追求生命的长度，而应追求生命的质量。"

厚度：提升自我，探索突破

塞内卡说："生命如同寓言，其价值不在长短，而在内容。"

什么是"生命的厚度"？我认为生命的厚度就是建立更高的职业成就。每个人的人生都不同，所以每个人衡量"厚度"的含义各不相同，可能是"术业有专攻"，学术成就高，可能是富贵显达，也可能是追求名誉，或者其他。但相同的是，想要增加生命的厚度，都需要确立理想目标，然后奋斗实现。

也许有人会说，人生的本质就是一段时间，过完就行。这样的人生态度太草率随意。生命有限，倘若碌碌无为，又为什么存在呢？王小波在《黄金时代》中说："我思故我在，既然我存在，就不能装作不存在。无论如何，我要对自己负起责任。"所以，我们应在有限的生命里拓宽厚度，充实人生。

进一步说，我们为什么要增加生命的厚度呢？第一个原因是生命的长度有限，并非人力可以掌握，但是生命的厚度无限，事在人为。第二个原因是人生在世，要有些作为，这样才更加充实。第三个原因是增加厚度也提高了我们的自身实力，因为我们处在一个竞争的世界，提升了自身实力才能增强社会竞争力。第四个原因是增加厚度也离幸福更近一步，活出生命的精彩。

每个人对厚度的认知和作为都不同，但想要增加生命的厚度都需要奋斗来实现，《平凡的世界》中孙少安是奋斗的代表，他出生在黄土高原双水村一个贫困的农民家庭，但他不被贫困的生活禁锢，他身为生产队长，带领大家多打粮食，让日子过得好起来。他的梦想是带着全村富起来,砖窑成功了,全村都富了。他不屈服于自己的命运,敢于冒险,敢于探索,最终实现自己的梦想,有所成就。要是没有梦想,时间久了自然也会累。而孙少平喜欢读书,书是给他承接苦难的精神食粮,丰富了他的文化修养。

首先,我们要确立一个理想,这样奋斗就有了一个清晰的方向与目标,否则就会不知所措,没有动力。正如蔡崇达在《皮囊》中说:"生活不会向你许诺什么,尤其不会向你许诺成功。它只会给你挣扎、痛苦的过程;所以要给自己一个梦想,之后朝着那个方向前进,如果没有梦想,生命也就毫无意义。"然而确立理想在于找到心中所要的事物,周国平在《丰富的安静》中说:"我们活在世上,必须知道自己究竟想要什么。一个人认清了他在这世界上要做的事情,并且在认真地做着这些事情,他就会获得一种内在的平静和充实。"

《早晨从中午开始》讲述了路遥在《人生》取得了很高成就后,毅然投入写作,不断突破自我。王选和路遥一样,一直在探索与突破,他曾打趣说自己"人如其名",一生都在"选",而且在他的一生中,似乎有一种洞察力帮助他选择正确的发展方向。24岁时他从硬件领域跨入软件领域,做两者相结合的研究。之后王选又跨学科投入精密照排系统的研制工作中,由他主持研制所获得的成果,在20世纪90年代初引发了我国出版印刷业"告别铅与火,迎来电与光"的技术革命。路遥说:"如果为微小的收获而沾沾自喜,本身就是一种无价值的表现。"而联系我们青年,就应好好读书,罗伯特·赫钦斯在《学习型社会》中提出"人类要向学习型社会前进"的观点。所谓"学习型社会",就是促进和保障全民学习和终身学习的社会。学习型社会是时代发展和社会进步的产物,他对学习的要求比以往任何时候都更强烈、更持久、更全面。全社会的人只有不断学习,才能应对新的挑战。由此可见,我们青年应以终身学习为目标,不断拓宽生命的厚度,提升自身实力,增强社会竞争力。

霍金虽然身体被"禁锢"在轮椅上,但是他能顽强地"站"了起来,艰难地写出著名的《时间简史》。90岁高龄的徐怀中耗费5年时间,终于写出著名的《牵风记》。不同厚度的成功者的业绩和他们身上所散发出的光芒往往是非常迷人的,而这迷人的光环,却是由血汗的透视镜折射出苦难的光辉——是一种悲壮,更是一种坚强。故天将降大任于是人也,必先苦其心志,劳其筋骨,饿其体肤,空乏其身,行拂乱其所为,所以动心忍性,曾益其所不能。

我们在增加生命厚度的过程中,会遇到困难和挫折,但我们不能削弱重新投入风暴的勇气和力量,要努力克服困难,增加生命的厚度。

人生就是一场不断探索和突破的旅程,只有每一个从零开始的生命,用双脚丈量出属于自己的山峰。这座山峰将支撑起你的世界,给予你属于自己的色彩,因为这座山峰给予了生命无限的空间,所以,只要你肯向上再登一步,你就会拥有这一步之上更广阔的天空,生命的厚度也会再进一步,你也会因此更上一层楼。生命的厚度没有极限,生命亦没有真正的巅峰。

宽度：修养格局，辐射贡献

车尔尼雪夫斯基说过："生命，如果跟时代的崇高责任联系在一起，你就会感到它永垂不朽。"

什么是生命的宽度？一共有三个层面，其一是追求精神财富，注重精神生活。其二是为人处世的原则与底线。其三是一个人的思想水平，表现在胸襟宽广，格局远大。

从个人角度来说，如果生命仅有长度和厚度，就像只有长和高，怎么看都是平面图形，没有质量可言，只有拓宽生命的宽度，生命才有分量。平面图形终究是浅薄的，就像"井底之蛙"，偏执狭隘的认知，得失心太重，所谓的"心胸狭窄"就是生命的宽度窄，哪怕破坏社会规则以及人生道义，也要谋求自己所祈求的个人得失，浅薄不仅伤害别人，也害了自己。从社会的角度说，这样破坏了社会规则，倘若每一个人能拓宽生命的宽度，那么个体的行为也会给社会带来正面的影响，人之所以会这么做，成就自己人生的宽度，是因为他的心灵是高尚纯粹的，只有精神上高尚，才会做高尚的事，才能拓宽自己生命的宽度。

如何追求精神财富？周国平在《人生哲思录》中说："一个专注于精神生活的人，物质上的需求必定是十分简单的。"《道德经》说："知足不辱，知止不殆，可以长久。"人生只有懂得知足当下，从长远的方向考虑，注重修养自身德行，才能拓宽生命的宽度，以此来避免浅薄给自身带来问题。

《平凡的世界》中孙少平在煤场做工，发工资时老板多给他十五元钱,他清点工资发现多给钱后,坚决还给老板。由此可见孙少平品德高尚。路遥在《平凡的世界》中说:"生活包含更广阔的意义,而不在于我们实际得到了什么;关键在于我们的心灵是否充实。"孙少平没有实际得到什么,但他的心灵一定是充实的。

什么是胸襟宽广、格局远大,就是站在更高的角度理解事物,胸襟宽广的人的辐射和带动力也很大。《平凡的世界》中孙少安不光他一个人脱贫了,他带领全村共同致富,他一直在辐射带动群众。

"每个人应该遵守生之法则,把个人的命运联系在民族的命运上,将个人的生存放在群体的生存里。"巴金这样说。

熊培云在《慈悲与玫瑰》中说:"每个人的内心都有一套善恶分水岭,最后做了什么,关键还是个体的选择,不只是环境的逼迫。"集体作恶的诱人之处在于,道德层面,个体良心上的责难让位于"大家都这样做"。法律层面,因为人多,也有法不责众的心理。所以我们应避免环境带给我们的消极影响,这需要放宽眼界,熊培云先生在《自由在高处》中表达了类似的观点:"世界就像是一个广场,如果你只知道左右,而忘了要站在高处张望,你是很难找到自己的方向的。什么时候,当你能超拔于时代的苦难之上、人群之上,你能从自己出发,以自己内心的尺度衡量自己的人生,你才可能是自由的。"如果你只会从近处看人生,甚至处处"苟且",就会觉得异常沉重。此时,需要打开眼界,往高处看,向远方看,这样,才能看到诗和远方,获得自由与轻盈,这样就拓宽了你生命的宽度。

不可否认的是，环境影响人，但人也影响环境。究其根本，一个人生命的宽度有多宽，就表现在他在群体中的辐射和贡献有多大。

也许有人会说，时代是个大环境，个体的影响太渺小。确实大多数人都是平凡的，但是我们应努力拓宽生命的宽度，尽自己的一份力。正如熊培云在《自由在高处》中说："改变不了大环境，就改变小环境。小环境改变了，大环境也会随之改变。做自己力所能及的事情。你不能决定太阳几点升起，但能决定自己几点起床。"

而在当今时代中，我们青年，就应该拓宽生命的宽度，担当起民族复兴的大任。卡尔·马克思在《青年在选择职业时的考虑》中说："一个选择了自己所珍视的职业的人，一想他可能不称职时就会战战兢兢——这种人单是因为他在社会上所居地位是高尚的，他也就会使自己的行为保持高尚。在选择职业时，我们应该遵循的主要指针是人类的幸福和我们自身的完美。不应认为，这两种利益是敌对的，互相冲突的，一种利益必须消灭另一种的；人类的天性本来就是这样的：人们只有为同时代人的完美、为他们的幸福而工作，才能使自己也达到完美。"

温度：心中有爱，生命精彩

我在前文说，衡量人生的价值就像空间直角坐标系中的计算一样，以三个相互垂直的基底建立坐标系，分别是长度、厚度和宽度。为什么又增加一个温度呢？我的字数早就满了，若是考试就收尾了，但是现在无所谓，是我突发奇想，想到了温度。所思所想，一吐为快。也许会觉得多加了一个温度与我之前说的空间直角坐标系相矛盾，已经是一个空间了，它应该加在哪里呢？难道是四维空间，四维空间是以长、宽、高和时间为四条轴。但我这里说的是4D电影，不是几何意义上的四维空间。4D电影是在3D立体电影的基础上和周围环境特效模拟仿真而组成的新型影视产品。4D电影加上了环境的体验感，你不再局限于视觉和听觉，还能感受到触觉。温度看不到、听不到，就算是温度计也只是给温度赋值，冷和热你亲身接触才知道。生命的温度又何尝不是感受出来的？民间的俗语道："路遥知马力，日久见人心。"长久接触才知道周围人的温度。自圆其说了，多加一个温度并不矛盾。

什么是生命的温度？言简意赅，就是情感，心中有爱，对亲人的爱，对生活的爱，对祖国的爱，等等。

进一步说，因为世界有温度，有爱，我们的生命才是美好的。白岩松说："情感不仅是自己的事，和父母家人有关，和身边的每一个人有关。"《平凡的世界》中孙少安早早担起家中重担，是因为他和这个家联系着，他爱这个家。我们每个人生来都是一个单独的个体，自出生后被爸爸妈妈等其他亲人的爱所包围，我们的每一点进步与成长，都与周围人的爱分不开。所以，我们要学会感恩，长大后回馈这份爱，让生命有温度。

究其根本，有温度的生命离幸福更近。白岩松在《幸福可以无限靠近，无法彻底抵达》说："满足三个因素就离幸福越近，分别是：物质、情感和精神。"而情感就代指温度。试想一下，倘若生命没有温度，那我们与机器没有差别。正是有了温度，我们才有血有肉，生命才精彩。

　　生命的温度与宽度密切相关，只有内心充满温暖，才会在时代中辐射和贡献于他人。就像"先有小家，再成大家"。《平凡的世界》中孙少安先脱贫自己的小家，再辐射贡献使全村都致富。

　　总结一下，生命每人只有一次，所以应在有限的生命里探讨如何度过生命，从而实现人生价值，活出生命的精彩。写到这里，我又有了新的想法，生命的长度也许不该从出生计算到临终，而应该由自己觉得值得记忆的每刻每秒累加而成。一个人生命的长度，并不取决于你活了多长时间，而是取决于你记住了多少日子。当你年老回首往事时，你脑海中回忆的会是什么？你记住的日子一定是有厚度、宽度和温度的日子，所以珍惜当下，尤其是青年人，应努力增加厚度，充满温度和拓展宽度，从而实现人生价值，活出精彩。

指导教师：陈晓涵

人性的冲突

◎钱佳慧

人在世间爱欲之中，独生独死，独来独去，当行至趣苦乐之地，身自当之，无有代者。

以前我不明白，认为所谓的"世间爱欲"不过是贪嗔痴爱，仅凭这些就已足够纠缠人的一生。但是，读过《慈悲与玫瑰》《精神明亮的人》《古典之殇》后，我明白了"爱欲"的根源，那就是人性本身的冲突性，是难以调和的。木心曾说过，"我探索人心的深度，却看到了人心的浅薄"。而我认为，并非人心本就如此浅陋，只是人性冲突的复杂性阻碍了我们继续探索。

古今中外，人们都在寻求美好的心灵、伟大的灵魂。有些人在诱惑或重压之下放弃了，成为一个蝇营狗苟的人；有些人则不为所屈、不为所动，成就了一个精神高尚的人。生活在人与人的来往摩擦中不断向前推进，人生亦是如此。想要不断前进，只有在人性矛盾与冲突的不断调整中，才能完成。

那么，这种内在冲突具体表现是什么？

长期与短期的冲突

"鱼和熊掌不可得兼"的道理几乎人人皆知,但很少人愿意抛弃触手可及的眼前利益来保全尚未可知的长期利益。《精神明亮的人》中,有一篇文章使我印象深刻。其中提到了一个案例,一位美军士兵曾在反法西斯战争中立下战功,却被误控有变节行为,被迫停止服役,最后他抑郁而终。但时隔五十年,政府为自己的行为道歉,颁发了迟到的勋章。迟到的正义还是不是正义?如果从那名士兵和他的家属出发,错误已经造成了令人心寒的结果。但是,从整个社会人群出发,这份正义不可或缺。社会的安定是国家治理的重中之重。有人开始质疑政府的判决,埋下了怀疑的种子,就会让怀疑在每个人的心里滋生蔓延开来。此时,人性的冲突融入政府的选择中。政府要么被冠上"不公正,权压"的帽子而闷声不吭,关注一时的面子而失去民心,要么主动承认错误承担责任,而享有长久的社会安定。

在这种形式的矛盾下,并非所有人都能调整好两者的关系。《古典之殇》中《人是什么东西》一文中,用幽默的口吻讲述了人与自然。王开岭认为人是最大的消费者。"鲸吞的是地球,排泄的乃垃圾山",现代人总是只顾短期的利益,满足一时的口腹之欲,"无法无天地破坏自然,听之任之必将遭受自然的反噬"。因此,保持"绿水青山",与自然"和睦相处"。才是更长期的利益。当自然与人类间的竞争愈演愈烈时,人性的冲突一点点显现了出来。

《慈悲与玫瑰》中《看老虎吃人，我为何失去了同情心》一文，也有类似的事例。为什么作者对那些动物园中被咬死的游客无法表现出同情，是他对人类的种种恶毒的憎恨淹没了同情。人们为了眼前利益，"娱役"老虎，翻墙钻网逃票，却丝毫不考虑自己的性命，扔下了美满的家庭，最终成为老虎口中的亡魂，以身饲虎，自寻死路。

我们总是希望长期与短期利益兼顾，但又清楚这很难。所以我们唯一能做的，就是学会取舍。人出生时，赤条条，都背着一个"空袋子"。每走一步就往袋子里扔一块石头，袋子越发沉重。这就是生活越来越沉重的道理。有什么办法减轻重量呢？在爱情、家庭、事业、金钱、地位、友情中选择丢掉一些？人的目光不应该只停在眼前的利益上，恰当放弃，才能让生活更加的顺心如意。一叶落，荒芜不了整个春天。同样，一时的利益，不会影响你的整个人生。

当处理好长期与短期的矛盾，我们就已经窥探到了人性的部分。

确定性与随机性的冲突

从数学统计学的角度来看，随机性是偶然性的一种形式，具有某一概率的事件集合中的各个事件所表现出来的不确定性。而确定性恰恰是事物未发生质变的一种稳定的状态。任何事物往往都是确定性与随机性并存的。这里，就人性善恶的随机性和人性同情心、悲悯的确定性展开来说。

人性善恶的随机性让我想起鲁迅的文章《祝福》中祥林

嫂的人生悲剧。乡亲们起初特意来听祥林嫂的悲惨遭遇，渐渐地却开始厌恶了。柳妈以"好心人"的姿态来劝告祥林嫂来摆脱苦难，但实际上把祥林嫂往死路上狠狠地推了一把。善与恶恐怕是这世上最难有定论的话题了。

而《古典之殇》中《你被逼成你的对立面》一文更是鲜明地表现了这一点。"吊诡的社会，逼你复杂，逼你猜疑，逼你斗争，逼你一手执矛一手持盾，一个都不敢少。"王开岭认为社会将我们逼到对立面。这里有一个值得思考的事例：一名男子，为给自己的儿子上户口，连续奔波无果后，患上了严重抑郁症，一急之下，把降生才43天的男婴摔在地上。孩子夭折，父亲被拘。这名父亲是否应被称为"作恶"？从结果来看，应该。对于家庭造成了伤害，且结果不可逆，不管是从法理还是情理，都不值得被原谅。但是，从他自身出发，这真的是他的本意吗？我想，他的内心独白应该是"我本善良"。他"作恶"也不过就是遭遇严重挫折后"善"变形与扭曲的结果。而他的挫折正来源于社会。

所以，一个时代、一个社会的合理运转，规则的制定与运行情况对人性善恶的影响远比我们想象的大。

反观人性悲悯、同情的确定性似乎不受社会变更的影响。

罗素的自传中，揭示了支配他生命之舟的三种激情：对爱情的渴望、对知识的追求、对人类苦难不可遏制的同情心。人是一种兼具社会性、自然性、精神性的动物，不可避免地要在个人与群体中来回穿梭，将个人与社会的价值相统一。

在群体中，如果一方面的势力不断增强，必然会带来另一方势力的不断减弱。在这种"马太效应"下，产生了"弱势群体"。大多数人对于弱势群体的关怀、对人类苦难不可遏制的同情心完全是不自觉的，不论是何种身份。人类有同情、悲悯、良心，这是在任何背景下都难以被改变的、自主的一种情感。这就是人性悲悯、同情的确定性。

那么，二者有什么关系呢？为何产生冲突？引发了我更深一步的思考。

《孟子·告子上》中，在告子看来，人天生所具有的仅是对于外物的生理上的诉求。这样的本性并不具有道德含义，是无所谓善恶的。人之善恶是后天人为塑造、影响而成的。受到好的影响就会为善，而在不好的环境中就会为恶。在当今社会中，人们大多将同情弱者的行为称之为"善"，将无视弱者、独善其身的行为定义为"恶"。对于这样的观点，我始终持怀疑态度。由于人性同情的必然，人们面对复杂事物时是否还能保持理性、判断对错？这又让我想到了之前遇到的一个作文题目，一名中学女生骑单车逆行撞上了一辆奔驰，司机叫她打电话联系家长，小女孩儿哭了起来，围观的人觉得司机不近人情，劝他不要为难孩子。在这样的情景下，小女孩儿处于弱势，围观人群出于同情站在了孩子那一边，想要"保护"她。但是，他们真的为小女孩儿考虑了吗？我想，答案是否定的。如果这一次的哭泣让小女孩儿逃避了她应负的责任，那么她会不会失去承担责任的勇气，会不会在每一次面临挑战时都选择逃避？虽然结果不得而知，但能够肯定的是：这样的袒护对小女孩儿的成长有害无益。所以，这算是善举吗？相较而言，车主的行为才是真正为小女孩儿考虑,他坚持要求联系孩子的家长,不想孩子形成错误的价值观。这才是真正意义上的"善"吧。所以,人性同情、悲悯的确定性是人性善恶具有随机性的重要原因。二者的冲突就在于:由于人性同情的必然,人往往失去理性判断的能力,将主观感受置于顶端,从而无法辨是非、分黑白。即使被告知善恶是非的真相,也只是轻轻一笑,依然跟随着自己的同情心走。所以说,人的善良与同情要带一些锋芒。

当这二者的关系得到缓和,那么社会的"大同"也就指日可待了。

自我认知与内心自洽的矛盾

自我认知是个体对自我的存在、行为和心理的认知。内心自洽的意思是整合内心的冲突和混乱,构建、形成自己稳固的人格。如果把一个人的人生观和世界观比作人一生的战略,那么,自我认知是决策力,内心自洽就是执行力。

人通常很难正确地认识自我,如果一个人不能正确地认识自我,看不到自我的优点,觉得处处不如别人,就会产生自卑,丧失信心,做事畏缩不前……相反,如果一个人过高地估计自己,也会骄傲自大、盲目乐观,导致工作的失误。熊培云的《慈悲与玫瑰》提到了阿Q的精神胜利法,即当一个人遇到困难而无力应付时利用幻想来增加自己的安全感,获得某种自尊。熊培云表示,这种精神胜利法是全人类共有的。我认为,其根源正在于,人们对自己没有清晰的、客观全面的认识，不能科学地指导和支配自己的行为，难以自洽。最终只能靠主观意志来迷惑自己。自我认知与内心自洽的矛盾往往会阻碍一个人的行动。

对自我的正确认知是内心自洽的前提。在完成一项任务的过程中，决策正确，执行才可能成功。自我认知的超越状态更是内心自洽的强大动力。那么如何达到自我认知的超越状态？

要求处处"自动"。旁人可信，但是自己永远不会背叛你自己。我们要不断深入实践，整合经验，来回反复，才能得出对自己的正确认识。这需要一个过程，虽辛劳但绝对不是徒劳。古往今来，多少文人雅士就是在这样的过程中得出了影响至今的人生启示。欧阳修的"清风明月，幸属于闲人"，是他在贬谪后的沉淀；苏轼的"也无风雨也无晴"，是他乌台诗案后痛定思痛的体悟；而黄庭坚在经历《神宗实录》风波后，则锤炼出"断虹霁雨"的词境："断虹霁雨，净秋空，山染修眉新绿。"鲁迅《这也是生活》："无穷的远方，无数的人们，都和我有关。我存在着，我在生活，我将生活下去，我开始觉得自己更切实了，我有动作的欲望。"……

当全面地了解到自我的能力、自我的性质，内心的自洽就变得容易了。一般情况下，不自洽通常是由于不尊重主观感受，不兼顾理性，只停留在认识而不去行动三种因素造成的。那么，解决方式也就呼之欲出了。首先，不做"思想上的巨人，行动上的矮子"是重中之重。其次，兼顾主观感受与理性思考也是重要途径。王阳明说的"知行合一"和"致良知"或许听上去更通俗易懂。

白岩松在《被念歪的道德经》中说，"道"是古代哲学文化中的一个起源。先写一个"首"字，再写一个"走之"。"首"就是脑袋，代表思想；"走之"就是行动与步伐。不论是长期与短期利益的冲突，确定性与随机性的冲突，自我认知与内心自洽的矛盾，"知行合一"是缓和矛盾的一个有效方法。

当今是一个成功学泛滥的时代，中国的很多扭曲与乱象，都与追求表面的成功有关。我们为了实现某种期待，往往不择手段。人可以作恶，也可以行善，重要的是怎么选。人性中的冲突与矛盾是客观存在的，不因人的意志为转移。从王开岭与熊培云的书中不难看出，他们对于人性的内在本质有着清晰的认识，但仍对美好生活抱有期待。这启示我们，面对人性的冲突与矛盾，我们并非无能为力。认清自己是前提，实践是过程，而过程中要知行合一、选择取舍……

对于"人在世间爱欲之中，独生独死，独来独去，当行至趣苦乐之地，身自当之，无有代者"这句话，我好像有了不一样的理解。既告诉我，无论善恶，无论苦乐，都由我一人承担，别人帮不得；也告诉我，即便是人性冲突难以调和，那也是我作为"人"固有的、一定要面对的挑战。我能做的，只有迎难而上。

阅读为我打开了一扇探索人性的大门，即使屋内漆黑一片，也留了一点儿我能够追随的灯火，帮我照亮了整片空间……

指导教师：胡琳琳

万物与我都是荒诞的寂静，不为繁华易素心

◎顾李雯

何谓素心？心地淳朴之意，这是《辞海》的解释。语出陶潜《移居》："闻多素心人，乐与数晨夕。"

心地纯洁，才能成为素心之人。《菜根谭》中说："交友须带三分侠气，做人要存一点儿素心。"如此看来，素心之人，古往今来，格外让人推崇。在物欲横流的当今，做一个素心之人，才能有长久唯美人生。

曾经听过一段很美的话："天地有大美而不言，静水流深。"这看似深邃的天地万物，其实简约朴素，平凡安然。

岁月的一朝一夕，一城一池，无不在每一段寻常的生活中，每一个从容的微笑里。大道至简，三千繁华，终归一个"素"字。方知，做人无须太过于急躁，回归朴素，安安稳稳，更能领悟生命中的真谛。生活无须太过于复杂，回归简单，平平淡淡，更能享受人生之静美。

今日，我将从《不为繁华易素心》《喧哗的大多数》《人生哲思录》三本书出发，浅谈"物与我"与"素心"间的内在联系。

任他桃李争欢赏　不为繁华易素心

世界上从来不缺少热闹。

因为一旦缺少，便必定会有不甘心的人去把它制造出来。我们沉浸在热闹中，一方面是精神层面的空虚抑或是寻求认同感的需要，另一方面，也是在遵守社会"规则"，我们的文化崇尚集群，在一些问题的处理上，"集体主义"精神似乎就被发挥得淋漓尽致。但这样的集群也会使集体走向一个极端。他们渴望同频，他们没有思想，他们需要被认同。

红尘中人一般都在乎别人能否看得起自己，觉得只有得到他人的认可，生活才有滋味，人生才有价值。然而，在这个世界上也有另外一些人，他们不怎么介意别人是否看得起自己，却非常在乎自己看不看得起自己。

如果说，在看重规则的社会，我们追求让别人看得起自己，可能走向善良、高尚的话，那么，在威权、犬儒哲学盛行的社会，只在乎让别人看得起，很可能使我们沦为邪恶现场的冷漠看客。从这个意义上说，追求让自己看得起自己，其实是一种更高的道德标尺，保有一颗"任他桃李争欢赏"的素心，更值得我们付出追寻的汗水。

人，应该存一点儿素心。你简单了，世界就简单了。拥有一份淡泊心志、宁静致远的心境，望窗外花开花落，观天空云卷云舒，看大海潮起潮落，品人生起起落落，在生命长河里活出自己的那份精彩，在喧嚣尘世活出一份坦然。

素心做人，是一种人生智慧（此话与《不为繁华易素心》

中:"某种意义上说,淡定其实也是一种智慧。"有异曲同工处)。《菜根谭》里说得好:"古人以不贪为宝,所以度越一世。"在纷繁变幻的世道中,只有饱经风霜的人,才能看透事物,破译人性。

私以为文人的遗嘱最能体现这一点。

鲁迅先生一生以勇于解剖自己和他人闻名于世,有人膜拜他,有人对他恨之入骨。鲁迅逝世前完成的散文《死》留下遗言:"一、不得因为丧事,收受任何一文钱——但老朋友的,不在此例;二、赶快收敛、埋掉,拉倒;三、不要做任何关于纪念的事;四、忘掉我,管自己的生活——倘不,那就真是糊涂虫;五、孩子长大,倘无才能,可寻点小事情过活,万不可去做空头文学家或美术家;六、别人应许给你的事物,不可当真;七、损着别人的牙眼,却反对报复,主张宽容的人,万勿和他接近;此外自然还有,现在忘记了。只还记得在发热时,又曾想到欧洲人临死时,往往有一种仪式,是请别人宽恕,自己也宽恕了别人。我的怨敌可谓多矣,倘有新式的人问起我来,怎么回答呢?我想了一想,决定的是:让他们怨恨去,我也一个都不宽恕。"这个遗嘱里有对爱人的关怀,有对孩子未来人生的深长嘱咐,也有对论敌的态度。

包龙图有首诗写道:"法立奸胥畏,官清凭素心。"正是这一居官心得,才使他清正廉洁,成为千古名臣,至今英名远扬。

素心做人,是一种人生哲学。

20世纪初,物理学刚刚从西方传进来,是一个热门专业,许多新生进了清华大学后都想读物理系。叶企孙总是认真地对每一位提出要求的学生进行面试、核查。他首先查看分数，分数高的只简单地问几句就办手续。分数不合适的，他绝对不会说你成绩不好，没有达到物理系要求的门槛，而是非常和蔼地告诉面前的学生学物理会面临许多困难，不仅修完全部课程很难，毕业后也不容易找到一份合适的工作。很多人听他这样说也就自动放弃了，有个别的不愿放弃的同学怀疑问题出在自己的分数上，死活要求叶企孙实言相告自己的得分，叶企孙却从不愿说出分数，只是耐心劝说他们放弃原来的打算。

叶企孙如此尊重别人，甘愿放低自己，不是因为自己真的低矮，相反，此时的他在清华正如日中天，高耸得像珠穆朗玛峰。叶企孙才华横溢，16岁就完成了《考证商功》这篇才华横溢的学术论文，两年后发表在《清华学报》上。此后他一发不可收，又在《清华周刊》发表《革卦解》《天学述略》，在《清华学报》发表《中国算学史略》，深得梅贻琦等老师的器重。赴美留学后，叶企孙又写出了《用射线方法重新测定普朗克常数》这篇轰动世界物理学界的论文，被美国人称为"一个伟大的进步"，由于他的精确测算，此后15年里，世界物理学界对这个测定无人再敢问津。清华是把他当杰出人才引进来的。从个人的职业影响力来说，当时的叶企孙是清华大学物理系仅有的两名教授之一，梅贻琦出任教务长后又变成了唯一的一个，是学校少壮派教授的领袖，他跺一下脚，不要说清华大学物理系，就是整个学校也会摇摇摆摆。

世界上有两种牛人，一种有点儿小成绩，就千方百计张扬自己，总觉得自己做的每一件事都完美无缺，自己拥有的每一种特长都人所不及，这些人其实未必真有本事，更多的是感觉自己有本事而已。叶企孙这种牛人不同，一方面他确实拥有极高的天赋、出类拔萃的才华，另一方面他还有一颗平常心，能够充分认识到每个人都可能有别人不具备的长处，因此自觉地不拿自己的长处跟别人的短处比，自然也就不会觉得自己如何高人一等。换句话说，叶企孙将自己放低，不是出于刻意，而是出于对他人已经显现或潜在的能力的欣赏。

繁华时，坚守一份简朴、恬静、淡泊的人生，就是精彩人生。拥有一颗素心，犹如品茗饮酒，或苦或甜，亦辛亦涩，唇舌一番仔细玩味，方能感知人生大志大趣。心宽容天下，精彩铸心魂。当今世界，五彩缤纷，在红尘里行走，做一个心地善良的人，做一个性格开朗的人，做一个如兰花般素心品质的人，尽管不得大悦，可细微的满足，萦绕于心扉，一样芬芳身心，恬静自我。

慢品人间烟火色　闲观万事岁月长

坚守素心，绝非易事。

一样东西，如果你太想要，就会把它看得很大，甚至大成了整个世界，占据了你的全部心思。一个人一心争利益，或者一心创事业的时候，都会出现这种情况。我的劝告是，最后无论你是否如愿，都要及时从中跳出来，如实地看清它在整个世界中的真实位置，这样，你得到了不会忘乎所以，没有得到也不会痛不欲生。

沉淀与和解，是不二法门。

社会纷繁复杂，无数的原则被随意地更改，甚至破坏。倘若你此时还未被浸染，你要做的就是沉淀。人心中应该有一些有分量的东西，看似无为，实则有为。

世上有一样东西，比任何别的东西都更忠诚于你，那就是你的经历。你生命中的日子，你在其中遭遇的人和事，你因这些遭遇产生的悲欢、感受、情绪和思考，这一切仅属于你，不可能转让给任何人，哪怕是你最亲近的人。这是你最珍贵、最可靠的财富，无人能够夺走。相比之下，金钱是最不可靠的财富。金钱是中性、流动的，它不属于任何人，我们认为的拥有金钱，只不过是暂时占用，金钱不会永恒属于哪一个人或哪个组织。它是飘忽不定的。一个人只要知道自己真正想要什么，找到最适合自己的生活，一切外界的诱惑与热闹对于他就成了无关之物。你的身体尽可能在世界上奔波，你的心情尽可以在红尘中起伏，关键在于你的精神一定要有一个宁静的核心。有了这个核心你就能成为你奔波的身体和起伏的心情的主人。

倘若你早已沉溺其中，清醒便是第一要务。外在遭遇受制于外在因素，非自己所能支配，所以不应成为人生的主要态度。真正能支配的唯有对一切外在遭遇的态度。内在生活充实的人仿佛有另一个自我，能与身外遭遇保持距离，对变故和挫折持适当态度，心境不受尘世祸福沉浮的扰乱。认识到自己的所为，不去自怨自艾，给自己套上莫须有的罪名与枷锁。在无形中将素心粉碎。"真善美的统一，也许只是诗人的梦想，哲学家的逻辑游戏，道德家的说教。"学着与自己和解，摒弃束缚，恪守自我，凭借着那些丢失原则的可笑者无法企及的高贵，依旧可以赴一场华美的生命之旅。

指导教师：胡琳琳

儿童眼中的童话

◎张颗罗

《大卫·科波菲尔》是以作者狄更斯自身人生经历为蓝本写成的小说,以第一人称记叙了"自己"的成长历程。以一个真实的人的真实经历怎会有"童话色彩"呢?总的来看,主人公大卫从小历经艰难最终获得成功与幸福。若是把故事与时代背景联系起来来看,那时正是资本主义盛行之时,贫穷的人难以翻身,这样来看就不难发现大卫的成功,没点童话色彩的话是不行的。不过,《大卫·科波菲尔》的"童话"不止于此,其人物、故事、视角、语言都不失"童话"。

先从人物入手。文中经典的人物——谋得斯通可以说是"童话"中邪恶的妖魔。他坑骗大卫母亲,骗到手后又逼疯了她,霸占其财产;他将大卫送去谋得斯通—格林比货行,让他在那种脏乱差的环境下干苦活儿,却又称是"受人尊敬的职业";他在大卫学习读书让他不满意时,疯狂地鞭打他,不顾大卫卑微的求饶,而后来大卫对此的回忆"就像被老虎钳夹住了一样"。对于这些"苦难"的情节,我们在阅读时不仅没有感到特别沉重,而且还比较轻松,为什么?正是童话色彩的作用。我们所看到的可能比较现实，但这里的童话使得这些变得生动有趣，现实的苦难色彩就没那么重了。而像这样坏蛋欺骗天真不通世故的情节却又不断重演在大卫将来的人生——斯特朗博士乐善好施却被妻子表哥蒙蔽利用；维克先生被希普陷害控制；斯蒂福思卑鄙地践踏裴果提一家对他的热忱与信任。那么，又有了新的问题，为什么要这样写呢？

究其根本，是因为这些事无论是回忆的，还是发生的，都是从大卫孩童的视角来看的。如果带着孩童的童真来看的话，童话色彩的出现就不难理解了。虽然说大卫不断成长可能有所失去童真，但不难发现的是其语言仍符合孩子的心理。这尽管是作者以成人的视角回忆，以过来人的心境描写，但仍戴着童话的眼镜说出来孩子的话，这里不仅可以看出作者手法高明，也可知作者用意深远。作者借用孩童天真的视角，描绘那些社会中的阴险邪恶之事，这样看起来就不会有强烈的讽刺，而更多的是大卫的乐观积极，这正是作者想传达的。

当然，在我看来，童话的出现也是必需的，为什么？像前文所提及，在当时的社会，像大卫这种阶级的人，生活在这样一个充满谋得斯通一类的豺狼四处游荡，伺机吃人的社会，如果没有特洛伍德姨婆这样一个"仙女"一样的人物出现，大卫的成功就变得虚幻戏剧了。还有一点，大概是出于作者自身的原因。大卫作为作者狄更斯"心中最宠爱的孩子"，当作者在为他构造人生画卷的时候，他回首自己辛酸经历，于是使用童话让大卫的成长好受一些，这大概是作者对于自己的一种心理补偿吧。

无论如何，童话色彩让《大卫·科波菲尔》更具可读性，突出了大卫克服困难的成长历程，表达积极的人生观念，敢于面对人生中难题，强调对于人们轻信、糊涂的宽容和谅解，有了强烈是非感、正义感。总之，《大卫·科波菲尔》值得一读再读。

指导教师：张　瑛

当艺术点染精神

◎诸俊佚

造物主想把视线从自己身上移开，于是他创造了世界；而艺术家们为了把视线聚焦某个角落，于是他们又造了一个新的世界，一个感性的、精致的、不食果肉反食灵感的世界，即他们创造的艺术本身。从本质上看，所谓艺术创造，不过是他们在寻求欢愉的精神原型的投射。

艺术，对于玛雅人来说，是为了让人产生恐惧，是雨暴风狂、电闪雷鸣般的神明的震怒；艺术，对于古希腊人来说，是观察这个静美和谐的世界，是享受天赠完美的比例、严谨的逻辑；艺术，对于中世纪的欧洲来说，是神至高无上的旨意，是对拉丁文神谕最精妙的表达；艺术，对于我们的世界来说，是自我。

因此，在我看来，艺术便是人自由意志的投射。在康德哲学中，人类的基本问题被划分成三个重要的方面，在第二个方面中，康德提出了人类这种先天性的想象能力。艺术源于现实，但是毫无疑问，艺术有一种与生俱来的高贵气息，艺术一定高于现实。现实不过是艺术家们寻找的载体，创造力才是艺术作品的内核所在。甚至，一大批艺术能成为脱俗的存在，它们无须依赖于现实而生存，它们以梦与精神为食，只存在于脑海之中，不过以肉体凡胎的形象露骨展露在我们面前，像春天盼望花开那样，等待着同频共振的时刻。

此外，人的精神亦能在翩跹于艺术之中而得以点染。有一类可怜的艺术家虽然能深刻而广博地认识到世界的美，能够用灵魂印刻下高贵美妙的形象，却无从表达，这份快乐也就被置于上帝创世前的黑暗，孤独又无奈。好在，幸运的那批成了神秘学家，在艺术之中，他们走的是一条穿越感官的路，他们信仰无常，投身不测。与那群纯粹的思想家不同，他们不会将自我精神与尘埃流俗强硬地分离开，学习以安稳、淡泊、宁静为荣。他们接近神的方式，是去爱他的造物，并再一次创造。任由情绪左右是他们面对生活的态度，他们直面绝望，在动荡里，他们似乎找到了一种媲美永恒的崇高，并以凌乱中泰然的姿态展现了出来，这是艺术的纯真与优雅。艺术彻底改造了这群神秘学家，他们摆脱祈祷的钟声和扼杀情欲的刀刃，他们流淌着的血是更原始的、莫测的，甚至是罪恶的。

赫尔曼·黑塞的《精神与爱欲》中的主人公歌尔德蒙过着的也正是这种更艰难、更勇敢、更高贵的生活，享受着每一分感官之乐，并用每一分痛苦来偿还。然而书中的另一位主人公纳尔齐斯却有着全然不同的精神态度，他是位思想家，过着一种循规蹈矩的生活，放弃世俗与感官之乐，远离血腥与污秽，埋首于哲学与信仰。跳出这二人的立场，来到第三维度，似乎从不同的角度看来，二者皆有自己的颓与忧。诚然，回到现实之中，成为绝对的思想家或神秘学家对于我们来说实属谬谈。

王尔德曾说："我们都生活在阴沟里，但仍有人仰望星空。"王尔德所主张的是唯美主义，将美视为人生的最高意义。由艺术催生出的唯美主义乃是精神的点缀，我不奢求绝对的唯美信仰，却坚持以美感为乐，但不以艺术为荣。美感的经验固然高贵，却不可避免地具有自主性和从众性，当人们从工具理性出发，以相对利益狭隘地理解艺术的价值，甚至加以筹码衡量，那么这样的美感经验就被扭曲了。同时，"追求小众"的一派的确体会到了艺术的美与崇高，然而，如若将艺术的崇高嫁接到了自己身上，便也会毁灭自己的价值。当你崇尚的艺术脱离了周围的一切而存在，如同置身于只有你与艺术本身的空间时，你的精神才会真正因艺术的点染而高贵。

艺术家们本身就是艺术，所有的川流皆是溺毙的川流者的颜色，他们为艺术而生，为艺术而死；艺术为他们而生，为我们而生，为这个世界的璀璨而生。艺术永远不会死去。

我希望有一天，我感性的那面能指挥星辰、汪洋，我会用双耳细细轻品血液流淌的节拍，用饥渴的双眼贪婪地吞噬着造物主所创造的一切色彩，用稚嫩的双手塑造出瑰丽的形体，用赤诚的一颗心等待着玫瑰花的绽开……

指导教师：张　瑛

影评类

引　言

电影，作为现代文明的艺术表现形式，以其缤纷的视觉影像进入人们的生活。然而，善于拍电影的人，会通过独特的风景、精彩的故事展现个体对自然、对人性、对宇宙命运的深邃思考。善于观看电影的人，也能读出电影主角的情绪和对人生的认知，还能欣赏导演高超的运镜，回味他的哲思。

在本章节中，我们透过高中生的视角，看到《绿皮书》背后的求变与挣扎、雪利博士的坚忍与悦纳自我；看到《怦然心动》里的纯洁和勇气；在《心灵捕手》里感受到温柔与善良的强大；看到苦难的人展现的对抗命运的不屈与顽强……

电影，何尝不是文学，又何尝不是

哲学？在两小时左右的时间内，感受银幕上的悲欢离散，或许能够带给人比文字更强烈的触动。在电影逐渐商业化的如今，酷炫的特效、滑稽的镜头只能带给人短暂的放松，却鲜能让人获得提升。因此，我们珍惜每一部经典影片，欣赏演员的用心表演，用别人的生命体验来丰富自我。

求变，未得变，缘于社会

◎朱轩逸

苏子说，自其变者而观之，天地曾不能以一瞬。……自其不变者而观之，则物与我皆无尽也。与此世界而言，变，成了玄机，有了禅意。近期，观影《绿皮书》中的"变"，是主人公在现实世界、在人生世界、在人性世界中探寻"变"，但求变得变否？一部影片，一个社会，恐怕要用无尽的追求去回答。

黑人雪利，博士学位，从小接受良好的教育，成功进入音乐学院学习，成为著名的钢琴家。看到美国黑人受到歧视的现状，这位博士钢琴家想要通过巡回演出的方式，用音乐改变白人对于黑人的歧视。

他，一心求变。他的意识中，黑人和白人是平等的，阶层也是可以消除的。他希望变的是人们的观念，是世俗的眼光，是不平等的阶层，是社会的偏见与人们根深蒂固的意识。但，求变，变了吗？

他，一力求变。他的行为努力诠释着黑人也可以很优秀，而上流社会人也可以去影响、改变底层人们。我们看到的是他从说话的发音,如何给妻子写信,到待人的礼仪乃至道德观念等各方面影响他人,甚至去教那个白人司机不要意气用事,学会正确对待矛盾,让对手真正尊敬你,来解决矛盾。雪利所有磊落的行为,都是渴求用美好的包容实现对未来的描绘。但,求变,变了吗?

他,无时无刻不在求变,却也被现实动摇了自己想变的那颗初心。雪利为黑人的正当权利作斗争,却没有被黑人所接受,白人也仍然歧视他,他不明白!自己明明是为了黑人的权益不求回报地付出,到头来自己却和黑人之间隔了很厚的一层障壁,他不明白!他开始怀疑自己的所为。风雨中,他质问:"如果我不够黑,不够白,也不够男人,那么,我是谁?"求变,变了吗?

现实世界给了他答案。雪利博士在白人司机的帮助下,和黑人贫民之间架起了一道桥梁,当他放下了自己所谓上流人的尊严,才得以真正走近人民。变的是他。当他巡回演出非正常结束,回到自己豪华的"殿堂"后,不但走下了那把高高在上的"圣椅",对早已用得很习惯的印度裔管家,也开始用尊重的语气互道圣诞节快乐,更是放下芥蒂,来到有着种族歧视大家庭的托尼家,融入他们的家庭,跟大家一起度过热闹非凡的圣诞节。变的是他。但,《绿皮书》没变,根深蒂固的社会观念没变,黑人白人、上流社会与底层人民的人生没变。变的是他与那个白人司机经历现实洗礼的人性。

求变,得变了,在于人心。求变,未得变,缘于社会。这求变,这改变,会不会以"蝴蝶效应"形成"飓风",改变这个世界呢？恐怕要许多人用一生来回答。是世界改变了我们，还是我们改变了世界？

指导教师：张　瑛

一趟救赎，一场接纳

◎邵文妍

看完电影《绿皮书》，内心感触颇深。导演在人物塑造上独具匠心，一改以往对于种族的认知，将黑人刻画为儒雅绅士的知识分子形象，把白人司机设置为粗俗、不拘小节的底层人民的化身，人物巨大反差之下，昭示了接纳是全部生命的救赎。

什么是接纳？我认为接纳的对象从来不是美好顺心的事情，而是弱点、挫折、绝望，以及无法改变的逆境。

尽管黑人博士天赋过人，但他的种族、身份和品行，使他遭到众人的屈辱。影片中黑人博士的一句反问令我印象深刻："所以如果我不够黑，也不够白，甚至不够男人，那么告诉我，我是谁？"他内心痛苦煎熬，因为无法接纳自己处处遭到歧视屈辱的处境。不愿如此度过一生，所以他一次次从容笑对那些带给他屈辱的人。本可以在北方享受众人的尊崇，却偏偏选择到南方来，这些细节流露出他对消除偏见的渴望。但是他发现尽力想要摆脱的偏见其实一直如影随形，哪怕站得再高也无济于事。他像一个悲壮的战士独自对抗着风雨，但终究是徒劳。

　　因为对生命而言，接纳才是最好的温柔。比如人与人之间的成见，像是一座大山，可能我们拼尽全力却也无法撼动分毫。但当我们学着用心接纳，才发现这座山将不再是我们的成见，而会成为我们身旁一道美丽的风景。对他人需要接纳，对自己更应如此。因为比歧视更可怕的是自我歧视。正如罗曼·罗兰所言："生活中只有一种英雄主义，就是在认清生活之后依然热爱生活。"人生而渺小，我们可能没有改变周围环境的能力，但是可以接纳任何处境中的自己。比起通过一味妥协以换取他人接纳，懂得自尊自爱更为珍贵。

指导教师：张　瑛

生活中的彩色终将绽放

◎刘雨菲

"我每天到你家接你，我们出去喝酒笑闹，那很棒。但我一天中最棒的时刻，只有十秒，从停车到你家门口。每次我敲门，都希望你不在了，不说再见，什么都没有，你就走了。"

说起来，《心灵捕手》的故事梗概简单而清晰：一位因童年阴影而患有心理障碍的天才少年遇到了许多帮助他的人，从而走出过去，走向新生活。可以说这部1997年的电影中的任何要素放在今天都不吸引人，甚至有些老套。但其之所以能成为一部经典，正是因为它在这些并不夸张的设定中，将主角威尔心中那些难以言喻的心理活动细致地刻画了出来。

威尔是个孤儿，在寄养家庭被多次虐待后，他的心中形成了不可磨灭的阴影，这也是他所有负面想法的来源。黑暗的经历不是一句"sorry"便能轻巧带过的，甚至严重到彻底改变了威尔的世界观。不断被抛弃，然后虐凌，这让他在潜意识里便认为，世上不会有人爱他或是需要他。不论是教授多少次肯定他的数学天赋或是女友深情的爱意都无法深入他的内心。威尔与世界"失联"了，任何事物都不值得被信任，一切的甜言蜜语都是虚无。

他不相信爱，却渴望爱，这样的矛盾如同链条般将他紧紧锁住，动弹不得。

人和动物，甚至植物，都会在一定的刺激下建立起条件反射。多次的伤害也使威尔形成自我的保护机制。

有人说威尔的自我保护就是"逃避"。其实这只是一方面。他为了能在这个社会"正常"生活，逼迫自己忘掉了一切，逃避过去，逃避未来，不向外人展现真正的自我，也不会主动去寻找更好的生活。他将自己困于波士顿，离开舒适圈会让他感到不安与恐慌，揭开过往的伤疤，对新世界的不信任让他寸步难行。

而另一方面，自我保护的机制促使他去伤害别人，殴打警察，攻击心理医生，都是在阻止对方来触碰真正的自己。当别人都在关注他手上的刀会不会杀人时，也便无人来探究他身上的伤口了。

Good Will Hunting 的第一层含义是"好威尔"，这给予了威尔积极的定义，意在说明他一定能走出那些负面的经历。而其直译便是《心灵捕手》，在电影中指的是心理学者肖恩这个角色，他真正捕获了威尔的内心。一遍遍重复着"这不是你的错"，让威尔卸下防御，袒露出自我。

但肖恩是如何引导威尔主动脱离自我保护机制的呢？他也被威尔攻击过，但他不再以一种强势的态度要求或是施舍给威尔什么，而是以朋友之态拯救了威尔。

此外，围绕着威尔的生活，还有这样几个关键词："书本—知识""生活—经历"。

是过往的黑暗经历将威尔困于"囹圄"之中,他看似掌握着书本中的知识,却只是他"了解世界"的一副面具。事实上就如肖恩所说的那样,威尔没经历过战争,没认真谈过一场恋爱,也没去过西斯廷教堂,闻闻那里的气味,看看天花板上的名画。"我无法通过任何一部书籍来了解你,只能与你面对面地对话。"肖恩这样对威尔说道。

经历过黑暗便再不敢尝试,书本里的知识全都是那个"无知且天真"的孩子的伪装。唯有当他自愿踏出"囹圄",体验过平凡生活里真正的爱情、友情、亲情,感受到了这个世界的善良与温暖,新的经历才能塑造他新的世界观,从而用五彩斑斓的亮丽去覆盖过往的黑暗。

指导教师:张 瑛

洞穴中的神话故事

◎沈怡展

有一些人住在地下的洞穴中,背向洞口,坐在地上,手脚都被绑着,因此他们只能看到洞穴的后壁。在他们背后有一块巨大的幕布,幕后有一些人形生物走过,手中举着不同形状的人偶,由于人偶不断舞动,同时外界的光线十分强烈,于是人偶不断舞动的影子便投射到穴居人眼前的石壁上,洞穴中的居民所看到的唯一事物就是这种皮影戏。他们自出生起就这么坐着,因此他们认为世界唯一存在的便只有这些影子了。

以上出自柏拉图著名的洞穴神话,当然这只是一部分,现在,我假定原先故事中接下来会出场的人物为A,然后再假定一个新人物为B,那么接下来让我们继续听故事。

在所有穴居人中,A首先挣脱锁链,于是他问了自己第一个问题:"那些影子从何而来?"因此他转过身看见了那块幕布,万分惊讶的同时,他扯了扯身边的B,将B也从束缚中解开,于是A、B二人带着惊异向洞口走去。他们翻过幕布看见了真实的世界,在强光下甚至睁不开双眼,A在向往中迈开步伐,而B却在考虑"我能否驾驭外面的事物"并感到不确定后退回洞穴，从此陷入深思。

多年后，A回到洞穴，试图说服同胞们放弃石壁上的影子，一起去见识外面的世界，但其他穴居人却认定世界的全部就只有石壁，最终他们将A杀害。而此时B仍在自己的世界中。此后，越来越多的穴居人像A一样挣脱锁链，最终，当穴居人都不再是穴居人时，他们联合外人准备炸毁洞穴，而B从石壁前站起，走到石壁前伸手抚摸那个"世界"，他说："我为你殉葬，我的生活，我的世界。"

故事到此结束，在此我要阐明两点：一、原来的洞穴神话只有A的部分，这一点我不得不再强调一下；二、在这个神话中，穴居人的生命时间是无限的，当然，除非像A一样被外力杀死。那么，现在有一个问题，在这个故事中，谁是主角？

是A或B吗，还是所有穴居人？非也，我给出的回答是时间。

请注意我给出的第二点阐明：穴居人的生命时间是无限制的。这个假设的意义在于我们不知道他们存在时，他们已经存在了，所以穴居人所看过的皮影戏是没有原点的，也该是没有尽头的。穴居人看过无限的时间，无限的世界从他们眼前经过，从远古开始，从人类思想的某个源头开始，他们见证了帕梅尼德说没有任何事情会改变，而德谟克里特说一切事物都是流动的，安纳萨格拉斯主张秩序是一种力量，恩培窦可里斯认为"爱"注定聚一切元素成为力量，他们听见苏格拉底赞美理性，看见柏拉图在发现他们的同时建立起理型，还有亚里士多德看清了一样事物的形式不仅决定其潜力,也决定其极限……啊,还有一个人,他喜欢研究生死,研究无限与有限,他创立了一个学派,在人们的鄙夷中于花园之地存在了千年,那是伊壁鸠鲁,他说:"无限的时间与有限的时间所具有的快乐是一样的,如果一个人知道用理性来量度快乐的界限的话。"只此一句,他对那个第一个冲出洞穴却又被杀死的穴居人的肯定与赞美超出了此外所有相似赞美的总和。但是,如果快乐是如此,那么痛苦呢?无限的痛苦与有限的痛苦在理性目光之下是否相同呢?

我认为不是,并且我认为恰恰是理性让那痛苦成为无限,因为理性的深思往往会让被束缚的人们想到一个词——体制化!所以在这里,我决定再次将我许久以前建立的一个体系拿出来进行比较:铁丝笼子与玻璃笼子。当然,鉴于电影的不同,这两者的意义与它们对于《肖申克的救赎》的意义也是不同的。首先,让我们先回顾一下什么是体制化。瑞德是这样解释的:"这些墙很有趣。刚入狱的时候,你痛恨周围的高墙,慢慢地,你习惯了生活在其中,最后,你会发现自己不得不依靠它而生存。这就叫体制化。"我认为真正被体制化的人是不会意识到这个词的,而意识到这个情况的人通常是不会被体制化的,或者说他们身在体制之中,心在体制之上。正因为心在体制之上,所以能感受到身在体制中的痛苦,而理性的思考将这种痛苦无限延长。体制是铁丝笼子,而体制化是玻璃笼子,在体制之下,你看见铁丝,因此你感到无助、愤怒、悲哀,而在体制化之下,你在玻璃笼子之中,你知道自己在笼子之中，但你不知道墙在哪儿，因此除了一切你在铁丝笼子中会感受到的情绪之外，你还会多一些什么，比如恐慌、迷茫、心中无底，不知道下一秒会不会头破血流，你会发疯、会绝望，比起铁丝勒出的伤痕所带来之痛，玻璃笼子加压于心灵的痛苦才是真的痛苦。在你活着时，它一直存在，在你死后，它仍存在，直至再无人思考。也许你会说，我们的人生或许有一天不再存在于限制之中，我们可以活得自由，那么，我们就无须面对什么笼子。但是！但是！请看一下我上一段中提到的，亚里士多德说过："一样事物的形式不仅决定其潜力，也决定其极限。"人难道不是如此吗？这极限就像基督教中的原罪，与生俱来，你要如何逃脱？

那么一个人的人生难道就只能在限制之下绝望下去吗？不，当然不！无限痛苦存在于无限时间的理性思考，我之所以说它无限，是将它置于人类种群的大背景之下，人类会繁衍生息，作为"类"无限生存下去（希望如此），但个体的存在时间是有限的，你个人的痛苦在死去的那一刻，意识消失的那一刻就停止了，就像《海上钢琴师》中1900最终的解脱，人类无法打破界限是作为一个种群而言，然而个体是可以的，通过死亡可以做到。但有人说："死亡难道不是最大的痛苦吗？如何用痛苦来结束痛苦呢？"其实这很好解释，伊壁鸠鲁学派早就解决了这个问题：所有实际来临后不会使人烦恼的事，在人们的事前展望中引起的悲伤也都是空洞不实的。由此可见，死亡带来的痛苦是如此不真实。

时间才是主角，洞穴神话是如此，《海上钢琴师》怎么就不是如此呢？且不谈那个 A，难道你们不觉得 B 与 1900 有许多相似之处吗？同样与世界擦肩而过，同样恐惧那无限的世界，同样在尝试之后陷入沉思，也同样变成了一个坚守者（不是迂腐），最终为了自己的生活、自己的宁静殉道。或许这些都已经不是相似之处了，将 B 与 1900 推远直至无法辨认他们的外貌，仅看他们的经历，他们的坚持，他们的精神，看着一切内在的东西，你就会发现此二者的身影渐渐适合以至完全相融。1900 不愿走出弗吉尼亚号，弗吉尼亚号是他的洞穴，最初他是因为出于迷茫、恐惧，就如同他最后的那个比喻，世界的琴键是无穷无尽的，他无法在这未知的钢琴上演奏他的乐章。那么在之后的岁月中呢？难道只是恐惧阻止他迈开步伐吗？穴居人为了他的生活和世界殉葬，1900 呢？他付出那么多勇气面对死亡的阴森，为的也就是他的生活，他的世界。时间将他对外界的恐惧酿成一坛美酒，其中包含了他对自有生活的坚守，对外界浸染的不妥协，这就是 1900，一个与洞穴融为一体的穴居人。

那么既然如此，为什么我要新编一出洞穴神话，不直接引用电影场景？

我想将人物从电影中剥离出去，我们看电影，看一场好的电影是欣赏一个艺术品，欣赏它的美。看一件事物的美该如何？朱光潜先生已经反复强调了，我们一定要站在一定的距离之外来看它，沉溺其中的看只是看，不是欣赏，太过投入只会引出乡下人杀"曹操"的悲剧，这难道是我们想看到的吗？我们为电影中的人物欢笑哭泣，为之喜，为之悲，这只是被电影框架关住的观众。我们应该做到的是人在剧外，只有这样才能"横看成岭侧成峰，远近高低各不同"。切记一点：美是有距离的。

距离之外，我们且看人物，看洞穴中的人，看船上的人，看他们为何喜、为何悲，看冥冥之中似乎自有安排，是啊，自有安排。说到此，就不得不再来看看最初的洞穴神话了，柏拉图为何讲这个神话？其目的在于提出一个观念：理型世界。这个概念上文已出现过一笔，现在再将它展开来说。理型世界（注意是理型而非理性）是存在于现世以外的世界，或者说是以上的世界。在洞穴神话中，穴居人在石壁上看到的是现实世界，而幕布之后则象征着理型世界。而柏拉图的学生亚里士多德对理型的解释则是决定了潜力与极限的"形式"。而我的理解是：理型世界是规定了现世如何运转的世界，理型更接近一种规则。无论事物也好，流动也好，无论力量是爱也好，秩序也好，理型都已经规定好了世界万物的模样。因此我认为理型或许也是闪族文化中最终审判日的原形和标准。

既然一切皆注定，那么悲欢离合也应该有一个理型，人也有一个理型，1900自然也有一个理型，他的自我，他一直追求的自我（宁静，原有的生活）不过也就是一个理型，就像上段所说，一切自有安排，那么问题来了。克尔恺郭尔有"人生三绝望"：不知道有自我，不愿意有自我和不能够有自我。既然自我是理型，是注定存在，那么为什么会有这三绝望呢？

我认为，这三绝望的存在也是理型的一部分，是自我的这个理型的三个层次，是一个人存在于世而选择成为自我的三种可能性。他们的存在同时也验证了一点，雅思贝尔斯提出的第三种界限：灵魂界限是存在的，它决定了一个人能否真正快乐，超越他，打破了这个界限，人就真正快乐了。

走出"洞穴"，人就真正快乐了。回想一下，1900在那个破旧的船舱里，在周围成吨的炸药中，他笑得多好啊！麦克斯流着眼泪的笑也是那么好啊！1900在展望他的未来，也许你会问："他的未来在哪里？"他已经在黄泉路上了，他听见了三途河的涛声，他的未来在哪里？他的前方只有死亡。不要忘记，千万不要忘记啊！各位，死亡从来不是结束，这是佛陀所言，死亡与我们无关，这是伊壁鸠鲁所言。1900的死亡是他的救赎，是将他从兽性渡到神性的桥梁，是他实现超我的道路。

洞穴神话的结局，那个毅然殉道的穴居人，《海上钢琴师》的结局，火光中的1900的微笑，震颤中他抚摸空气的手指，爆炸声中，那指尖点出的音符，这一切成就了真正的神话，而神话的特性在于你信则有，不信则无。那些人物可能都不存在，但那份坚守永远值得坚信，所以人们一直相信，神话也一直存在。

不要忘记神话，忘了那种感动的话，忘了那种坚守的话，我们还剩什么呢？什么都不剩的话，那才是真正的绝望，连死都无法救赎你。

其实我们都是穴居人，最后引用宫崎骏的经典电影《幽灵公主》中小桑的一句话来向1900和勇敢的穴居人致敬：

"命运是任何人也无法改变的，但人们可以选择等死或者面对。"无论结局是否仍归于死亡，无论你是否用死亡对抗死亡，我向你们致敬！

指导教师：严爱军

让我们心碎的总是时光

◎ 薛歆仪

让我们向往的总是天堂，让我们心碎的总是时光。

《天堂电影院》用萨尔瓦多的回忆带我们走过了人的半辈子。那些被永远封存在家乡的回忆：母亲的爱，父亲的战死，一段青涩的初恋，一座古老的电影院，还有一段无法磨灭的忘年交……然而，离去的都不曾回来。

艾费多从多多身上看到了自己年轻时的影子，一种对于电影放映发自内心的热爱，即便是每天重复着索然无味的动作，手臂酸痛，却可以在听见观众欢笑声的一刹那获得内心的欢愉，如同自己为观众带去了快乐。然而，这份责任却要求放映人关在一个异常狭小闷热的小放映室里，陪伴自己的只有无尽的寂寞。老人说，从事这份工作是因为自己傻，也是因为没有别人会使用放映机，于是，他与多多更加惺惺相惜，他纵容这个孩子的喜欢，教他放电影，剪胶片，两个同样孤单的人因电影而紧紧联系在一起。

艾费多与多多亦父亦友，当多多为了看电影花掉了母亲买牛奶的钱，艾费多从口袋里掏出 50 里拉替他解围。当艾费多被考试题难倒，多多向他伸出了援手，然而，这段友谊却并不被人所看好，多多的母亲埋怨艾费多与小孩子一起玩很丢脸，她不会知道，艾费多教给多多的，远远不只放映技术与游戏。

那是一个无比黑暗的时代，艾费多却始终教育多多要保持一颗善心，影院的老板是贪婪的，贫民无法进入电影院，即使艾费多将电影画面投射在影院对面的墙上，影院也要派人去收取半价。一切都昭示着"独裁"。而那个来来回回跑着跳着大喊"广场是我的"的疯子则是影片中最为鲜明而真实的人物，他渴望霸占广场，但他的力量是微薄的。归根到底，大家都是这个小镇最底层的人物。天有不测风云，正当大家都在享受露天电影时，放映机突然着火，当火舌从二楼的窗口喷出，人群在尖叫声中一哄而散。没有人在这时候还记得带给他们欢愉的老人艾费多，向火焰中跑去的只有年幼的多多。

好在，艾费多保住了性命，却失明了。他不会忘记多多的救命之恩，也在之后的时光里，给了多多最正确的人生走向。中了大奖的奇奇欧重建了电影院，防火的胶片被发明出来，被禁播二十年的吻戏也登上了银幕。旧时光一去不回，今天尚在微笑的花朵，明天便在风中枯萎。但是，一切进步都来得太迟了。

多多也长大了，他爱上了漂亮的女孩儿伊莲娜，在女孩儿的窗台下守候了整整九十九夜后选择了离开。他开始自己拍小短片，记录下与伊莲娜的相知相爱，一种欢笑与无忧的美梦，一段醉心而伤心的爱情，最后以分居两地的结局收尾。爱情消逝，但艾费多却一直都在。叶芝说："多少人爱你年轻欢畅时的容颜,假意或真心;只有一个人爱你那脸上苍老了的痛苦的皱纹,爱你那朝圣者般纯洁明净的灵魂。"几十年来,艾费多对多多的心始终未变,他仿佛已化身为多多的父亲,给予多多那份缺失的爱。

在一个地方待久了,你会以为这就是世界的中心。而事实上只有离开这里,你才知道世界没有中心,离去的都不曾回来。将时光倒退到几十年前,艾费多之所以不愿意教多多放映技术,因为老人明白,学了这门技艺,长大后充其量就是一个小镇上的放映员,一辈子被禁锢在那个狭小的空间里,被禁锢在小镇,就像他的一辈子一样。

但是多多还年轻,路还很长。老人让多多忘掉初恋女友,去罗马,不要回头。这一别就是三十年。老人又何尝不希望有人陪伴呢?失去了视力,行动不便,又无依无靠,他的生命里,只剩下了多多,但他却把多多推远了,这不是狠心,而是一种甚至超越了父爱的善心。很难想象他是怎么独自熬过人生剩下的三十年的,他的眼睛瞎了,但是他看得更透彻,他终于把多多送上了正轨。

当多多衣锦还乡,艾费多去了天堂。他们遵守了彼此的约定,三十年不相见,再见时,已是阴阳两隔。时间凝固成记忆,母亲和妹妹住上了好房子,马路上车水马龙,而象征着童年的天堂电影院,也在多多的目睹下拆除。童年的一切破败不堪,新的一切又如此陌生。多多仿佛被遗忘在了时光的罅隙里,迷茫、感伤,交织着涌上了心头。老人生前曾说:"你会相信事物一成不变,离开之后,过个几年再回来时,一切都会变。"一字一句，参透了人生，竟如此深刻，敲打在每一个人的心上。

没有想到，老人为多多留下了那卷录像带。如今已成了著名导演的多多回首过去，那段录像拍得未免拙劣，却最真实，伊莲娜的一颦一笑，童年时的故乡，点滴回忆涌入脑海，他再也抑制不住泪水。他明白了老人的用心良苦，艰苦和不易，也感受到了老人对自己深沉的爱。

一切都敌不过时间，而时间却为我们保留了最纯真的美好。

三十年的时间，说短也短，说长也长。世事变迁，同一块土地上变了样子，童年的老人已经不在，乌发也变成了银丝，但同样也有一些东西跨越了时间的长河，比如家人的关心，一份青涩的爱恋，还有许多我们不曾留意的东西。谁说时间久了牵挂就会断了，一旦触碰到心灵最柔软的角落，记忆便倾泻而出。大名鼎鼎的导演也好，广场上的疯子也罢，跟时间比起来都太微不足道了。尽管时间可贵，我们却依然忽视这身边的爱，依然觉得时间还久，能享有那份爱的时间还多，但当生命终结，我们才恍然大悟一切都来不及了。

而有一些人，他们的人生只是不断向前追赶，追赶什么，或许他们自己也不知道。等到不惑之年再回首时，才发现自己不过是回到了原点，而当初的一切已经不在了。追悔莫及又有何用呢？

也许你觉得人生应该疯狂，应该在年轻时抛开一切大胆地去爱。于是那个美丽的她占据了你的脑海，你的满脑子都充斥着"王子与公主"幸福爱情故事的美好画面,想与她厮守终生……但这种超高温的爱与母亲厚重的爱比起来,实在是太轻、太轻了。你向前迈出的每一步,身后都有一双关切的眼睛在注视着你,她希望你早点儿稳定下来,不希望你在茫茫人海中受到伤害。终于,当你意识到母亲的关心时,那双关切的眼睛早已花了。

最终,每个人都输给了时间。

这是一本很轻的电影,却蕴含了很重的人生。让我们向往的总是天堂,但我们要珍惜的,却是当下的时光。

指导教师:严爱军

霸王意气在，我辈需担当

◎潘中杰

12月26日，我重温电影《霸王别姬》。开始只是解闷，但在暖色调的画面中，我追忆着如程蝶衣一般的先辈们，他们从一而终地奔赴着或许究其一生也见不到的理想与未来。正如张国荣所说："我想虞姬自刎的那一刻，她亦是幸福的，对望的眸中，她看到生死相许的来世。所以无怨，也无迟疑。"

电影的背景是民国初年到粉碎"四人帮"，以程蝶衣和段小楼为主视角，讲述了京戏在历史洪流下的兴旺与衰退。程蝶衣是虞姬，她从一而终地扮演着这个角色，乃至虞姬色彩从戏中溢出，浸染了他的现实生活。他本是固执的人，男儿就是男儿，他连台词的谎言都说不出，可那来自金锥捣嘴的疼痛，硬生生地将他变成了女娇娥。嘴里流出的鲜血，那是虞美人的颜色，从此他彻彻底底地成为虞姬，竭尽全力地追寻着自己的楚霸王。可段小楼不配，他不是西楚霸王，他早早下跪，一次又一次地下跪。跪给菊仙，跪给世俗，正如"霸王意气尽，贱妾何聊生"。终于，在多年不见后的重逢时，他终于想起"我本是男儿郎"，他拔出曾送给霸王的宝剑，刀光凛冽，寒气逼人，空旷的会场，聚焦的白光，银饰头面抖动，绝代风华落地，霸王跟前，拔剑自刎！

他像是一本厚重的小说，聚焦于大时代下小人物的曲折与喘息。但一件件华丽的戏服，给这残酷套上了浪漫的脸谱。

在现实主义的框架中，我想它是不同于《骆驼祥子》的一部富有浓重的理想主义色彩的作品，其表达的精神内涵或许早在程蝶衣刚出场时反复错误的"我本是男儿郎"中就可以体现。他是一个固执的人，但这种固执恰恰造就了他对段小楼、对楚霸王、对京戏的痴狂。这种痴狂从哪来？是从他第一次跑出戏院看见舞台上光彩夺目的角儿，还是他在演虞姬的过程中慢慢理解了那场轰轰烈烈的悲剧？又或者说是段小楼对他说的一辈子一起演戏？我想这些都不足以解释他那种深入骨髓的偏执。《当尼采哭泣》里说："我所向往的爱情，是追求某种更高层次真理的热情。"我想程蝶衣对于霸王、对于演戏这些归根结底都是源于他对理想的无休止渴望。

而与程蝶衣所对应的便是段小楼与小四。他们也曾有理想，本本分分地坚持练习，渴望有一天成为角儿。可他们终究是失了本心，背离了初衷与理想。我们总爱把这种改变称为时代的局限，称为所谓的社会化下的圆滑势利，可这真的是原因吗？

不要因为一直都是如此就去接受一切，永远都要有勇气去面对不愿接受的。在任何时代下，都有发光发热的举旗人；在任何社会中，都有竭尽全力的奋斗者。

段小楼与小四的背叛，只不过是他们作为怯懦者自然而然的选择，他们之所以既成了悲剧又无志气，就是因为他们没有勇气去抗争。这种借口就像是一边看着没写完的作业，一边沉迷在手头的游戏，当某个瞬间终于觉得自己不行了要努力写作业的时候，发现已经过了交作业的时间。一个怯懦的人，他不会责怪那个打游戏的自己，他只会责怪自己手头的游戏，更有甚者会反过来嘲笑不打游戏的人，他们会说："你还是太年轻，长大以后也会这样。"抗争固然是艰苦，失败的代价当然也是承重，可总有人毅然决然地去追求去争取。在电影十年"文革"的片段中，程蝶衣与段小楼一起被批斗，在程蝶衣因段小楼的揭发而愤怒后，他也揭发了段小楼之妻菊仙，菊仙因此上吊自杀。她的死并不是因为自己曾是妓女的身份曝光，而是因为段小楼与她撇开关系而产生的凄凉。她是个普通人，一个本本分分的妻子，她没有什么伟大的理想，她甚至圆滑世故，甚至在程蝶衣看来她是造成段小楼放弃追求艺术的罪魁祸首。她为爱赴死的结局恰恰揭示了即使是普通人，一个小人物，都有着抗争与追求的能力，心中的理想可山可海，可渊可谷，可草可露。为某个理由轰轰烈烈地付出一切并不只存在于那些"伟光正"的人物。每个人内心都潜藏着一份无与伦比的热情，它超过你对当今所有一切的喜爱，当你获得它，点燃了向往这份热情时，任何东西都不重要了。

我们常常怀念那个理想万岁的日子，怀念着大人与孩童都是一样天真的时候，大家对于自己崇高的斗争，从不怀疑与迟疑。而真正令我感动的是他们在奔赴的同时，或许早早知道所奔赴的东西是一辈子都见不到了，可就算如此，还是毅然决然，还是毫不犹豫。理想之于他们，就像霸王之于虞姬，京剧之于蝶衣。我们所见、所感、所住、所依靠的一切都是先辈们用血肉搭起来的，活在这片大地的人们，是永远都不能把自我凌驾于集体之上的。

人民都应该心怀着理想与期望，在历史的转折处，英雄常常横刀立马，力挽狂澜；在命运的转折点，英雄常常视死如归，勇赴国难。我们国旗的颜色，是我们血液里永远抹不去的赤诚与热烈，青春的我们，时刻准备着成为下一个"英雄"。

指导教师：胡琳琳

摇动生命的太阳,照亮未知的路途

——观《我们一起摇太阳》有感

◎高蓓怡

"我们虽然深陷泥沼,但只要意念不倒,就能摇动生命的太阳。"

电影改编自《婚姻与家庭》杂志上发表的《最功利的婚姻交易,最动情的永恒约定》一文。讲述了吕途和凌敏这两个身患重病的年轻人。他们在生命的低谷中相遇,通过一次功利的交换约定,开始了一段不平凡的旅程。吕途患有脑瘤,而凌敏则急需肾源来维持生命。

两人从相逢、相知,直至生死相依,就像是废墟里盛开的永生花。憨憨的吕途是"没头脑",脾气有点儿大的凌敏则是"不高兴"。凌敏足够悲苦,同时她也足够坚忍,吕途富有担当、任劳任怨、细心、温柔体贴。就是这样两个人,让破碎的生活逐渐复原,恢复美好。

如果有人说爱情只是搭伙过日子,那么在这部剧中却有着不一样的解释。二人一开始各怀目的接近对方,凌敏想要通过结婚获取肾源,而吕途则希望自己死后另一方能照顾自己年迈的老母亲,但随着相处的深入,他们逐渐产生了真挚的感情。

在病痛和无助面前,他们相互扶持、相濡以沫,共同面对生活的种种挑战。这种纯粹而坚定的感情,让人在泪水中看到了生命的力量。

我愿称这样的爱情为互相的成就与救赎,也是从泥沼中爬出的信念与动力。当吕途的脑瘤再次恶化时,他作出了一个惊人的决定:放弃治疗,将肾脏移植给凌敏。这个决定不仅体现了吕途对凌敏深深的爱意,也让我们看到了他在生死边缘的勇敢和决绝。而凌敏也在这一刻明白了生命的真谛,她不再只是等待肾源,而是选择和吕途一起勇敢地活下去,对着生活坚定地喊出"奥利给"。

沈从文曾说过一句话:"人生实在是一本书,内容复杂,分量沉重,值得翻到个人所能翻到的最后一页,而且必须慢慢翻。"生活中有着太多太多的人面临着各种各样的压力、痛苦。他们或是抱怨命运不公,或是自暴自弃,但总有些人选择直面它,勇往直前,哪怕一路荆棘。没有人知道"书"的下一页是什么,翻开它需要勇气,看完它需要力量。

人生天地之间,若白驹之过隙,忽然而已。电影不仅仅是一部艺术作品,更是一扇打开大众视野的窗户,让大众看到了那些身患重病却仍然坚韧不拔的人们,如何面对生活的困境和挑战。人类的诞生本身就是一种奇迹,我们的存在本身就值得骄傲和庆祝。无论生活中遇到什么困难和挑战,我们都应该为自己感到骄傲,因为我们的生命本身就是一种宝贵的存在。

"摇太阳"是一种面对生活的态度,持着"生活以痛吻我,我依然报之以歌",经历风雨之后也希望不灭,心火不熄。众所周知，世上的鲜花会相继盛开，壮丽而不朽的事物会接踵而来。

那就让我们摇动生命的太阳，照亮未知的前途吧！

指导教师：胡琳琳

不完整的慈悲

——观《血战钢锯岭》有感

◎潘荣宇

在惨烈的二战战场上，要谈"慈悲"，那简直是天方夜谭。对许多士兵来说，不去虐杀俘虏已经是他们所能做到的极限了。但却有这样一个人，在整场战争中没有杀过一人。这既不是因为他枪法差，也不是他故意打偏，而是由于：他根本就没有枪。

他的名字叫戴斯蒙德·多斯，电影《血战钢锯岭》即由他的经历改编而来。这个看起来文弱胆小的军医，却在冲绳钢锯岭的战场上独自一人救下了超七十名伤兵。救人看起来并没有什么了不起，但他却手无寸铁完成了这一壮举。在入伍之时，他便拒绝拿枪，并因此受到上级军官的施压，甚至一度被送上军事法庭。但在参加过一战的老兵父亲的帮助下，他最终得以作为军医奔赴战场，并且也践行了他不拿枪的承诺。因此，戴斯蒙德的行为被很多人称作"完全的慈悲"，将其作为完美的偶像以供吹捧。然而，在我看来，他的行为实质上更包含着一种逃避。

戴斯蒙德的童年并不幸福。父亲常常酗酒，酒后便对他的妻子和两个孩子大打出手。在他清醒时，也很少管教两个孩子，在他们打架时也一样。而在一次打斗中，戴斯蒙德用一块砖头猛击了兄弟哈尔的头部，将他打晕。尽管后来哈尔并无大恙，戴斯蒙德却认为自己差点儿杀了人。此外，父亲在一次酒后甚至对他的母亲拿出了手枪。当时正是戴斯蒙德冲出房间阻止父亲，已经上膛的一颗子弹最终打到了天花板上。这些都成了他一生的阴影。

戴斯蒙德的家中是充满暴力的。他既目睹了母亲作为受害者的痛苦，也见证了父亲作为施暴者，内心实际上纠结的情感。从母亲的话语中，他了解到是战争让父亲发生了改变。所以当战争发生时，一方面他热爱自己的国家，想要前去参战，另一方面又不愿像父亲一样在将来成为施暴者，不愿让自己所爱的人遭受痛苦。同时在身为护士的未婚妻的影响下，他选择了成为一名军医。

关于戴斯蒙德拒绝拿枪的原因，影片中更多凸显了他的信仰。诚然，"不可杀人"对他造成了深远的影响，但这只是次要原因。其真正的原因，在他提出不拿枪的片段中可见一斑。戴斯蒙德对军士说的不是"我不能杀人"，而是"我不能碰枪"，似乎枪和杀戮之间是一个等号。然而在他后来救军士的时候，就拿起了枪，只不过把它作为一件移动受伤的军士的工具。追根究底，戴斯蒙德认为自己只要拿起枪就变成了施暴者。然而事实并非如此。

影片中有这样的片段：第一天的战斗结束后，戴斯蒙德和一名战友前去搜索伤员，当天夜里戴斯蒙德做了一个噩梦，在梦中自己和战友被大群的日军包围射杀。后来在戴斯蒙德救下那七十多人的过程中，也不止一次遇到日军。他数次死里逃生，化险为夷。但是如果他运气没那么好呢？那么不仅他自己将死在战场上，战友们也得不到救助，最终也只有一死。如果他有枪，或者至少有自保的能力，情况将大不相同。在最后一天的冲锋中，戴斯蒙德自己也负了伤而被送下钢锯岭。如果此时没有战友帮助他，情况又会是如何？简而言之，戴斯蒙德的做法确实符合了他自己的观念与信仰，却将自己的生命置于危险之中。

戴斯蒙德在逃避，逃避暴力、逃避杀戮、逃避枪支。但他并不懦弱，他希望远离这些事物，却又为了救人一次次逼近它们。他所谓的逃避，实际上是拒绝成为它们的主体。说戴斯蒙德的所作所为是慈悲这一点无可指摘，但却是不完整的慈悲。他将善意播向每一个人，包括他的敌人，却唯独忘了自己。

指导教师：张　瑛

戏 剧 类

引　言

在这个充满无限可能的世界里，年轻的心灵总是怀揣着梦想与创造力，渴望表达自己独特的视角和声音。学生剧作，作为文学创作的一种形式，不仅是一种艺术表达，更是一次心灵的探险和自我发现的旅程。

本章节收录了一系列由学生创作的作品，它们或许青涩，或许不完美，但每一页都充满了真挚的情感和对生活深刻的洞察。这些作品展现了学生们对世界的好奇、对人性的思考，以及对未来的无限憧憬。

莎士比亚说过："有戏剧以来，它的目的始终是反映人生，显示善恶的本来面目，给它的时代看看它自己演变发展的模型。"戏剧的魅力在于它不仅是现实的倒影，也是现实的乌托邦。剧场是一处能够承载人的精神世界而存在的地方，你观看戏剧，走进戏剧，成为"戏中人"；而大幕落下，灯光亮起，当你拿起剧本时，你可能会看到自己的影子，感受到作者的情感波动，甚至被某个情节深深打动。我们希望这些作品能够激发更多人的创作热情，鼓励大家拿起笔，记录下自己的思想和故事。

《最后一课》续编

◎史子奇

人物：小弗郎士、安娜（小弗郎士的妈妈）、琳达（小弗郎士的同学）、韩麦尔先生、伊莉莎（韩麦尔先生的妹妹）、华希特、华生（以前的镇长）、司汤达（从前的邮递员）、安东尼（琳达的哥哥）、詹姆斯（华希特的徒弟）、保罗（德国上校）、普鲁士兵……

第一幕

第一场

（在上完最后一堂法语课回来的路上，小弗郎士走在一条幽静的路上，他对身边的鸟语花香一点儿也不在意……）

小弗郎士：（惊讶）我这是怎么了？以前我最喜欢来这儿了，有时连逃课也要到这儿来玩，可现在我怎么对这儿的景色一点儿也不感兴趣呢？

（叹了口气）唉！国家都要灭亡了，我还怎么可能在意这些花花草草啊。

（小弗郎士灰心丧气地继续往前走着，前方出现了一条大道，他急忙走出这条小路，看见几个普鲁士兵在谈笑风生。）

小弗郎士：（气愤地握紧拳头）可恶的家伙！你们让韩麦尔先生远走他乡，而你们却用德语在说一些嘲笑我们法国民众的话，简直丧尽天良！

（说着，小弗郎士向旁边狠狠地捶了一拳，这时，一个人悄悄地向小弗郎士走了过来。）

琳达：（拍了一下小弗郎士的肩膀）喂，汤姆（小弗郎士的昵称）你怎么了？别在这儿发呆了，韩麦尔先生的离开是我们谁也没有料到的啊，别独自难过了，不如到我家去，让我哥哥陪你解解闷吧。

（小弗郎士知道琳达的哥哥是个法国军人，此时不知有什么力量让小弗郎士跟琳达去了她的家。）

第二场

（不知不觉中，已经到了一片偏僻的森林，琳达的家就在这片偏僻森林的后面，当他们来到琳达家的门口，还没来得及敲门，房门便吱的一声打开了，一个皮肤黑黑的青年在门口站着，他就是琳达的哥哥——安东尼。）

安东尼：（带着些许疲倦）哦！汤姆来了啊，快到屋里头坐，我刚从前线回来，比较疲倦，我正想去河边洗个澡，然后好好地睡一觉，我就不陪你们了，你们自己玩吧，我先走了。

琳达：（撒娇）哥哥别去了，陪我跟汤姆说说话好吗？你就给我们说说前线的事吧。

安东尼：（疲乏的脸上泛着光彩）那好，今天我就满足你们俩的要求，那我们到屋里去说吧。

（于是，他们三人走到书房，安东尼拉上窗帘，将自己的身子深深地陷进沙发，似乎只有这样才舒服。）

安东尼：（饶有兴趣）我们有时会被派遣到前线，在战场上杀敌，晚上将军还会给我们进行纪律教育……

小弗郎士：（打断安东尼的话，疑惑地问）你们平时怎样保持联络啊？

安东尼：（接着话头，兴奋地说）虽然我们表面上没有什么举动，但私底下我们部队内部保持着密切的联系，我们有一个地下组织，一旦战斗需要我们，我们会毫不犹豫地上前线杀敌。

小弗郎士、琳达：（异口同声地说）安东尼，你能不能带我们到你们的组织去看看啊？

安东尼：（犹豫不决）这……这……似乎不太好吧。

琳达：（央求）好哥哥，求你了，我是你亲妹妹，小弗郎士是我最信赖的同学，你也是那儿的领导人物，你就让我们去吧。

安东尼：（严肃）除非……

小弗郎士：除非什么，你有什么要求我一定都答应。

安东尼：（庄重地说）你们去了，要一切行动听我的指挥，不许私自行动，还有你们去那儿的事，不能随便对别人说。

小弗郎士、琳达：（异口同声地说）没问题，一切行动听指挥!

第三场

(说走就走,他们三人离开这座隐秘的房子,来到了一家报社。)

琳达：(奇怪地问)哥哥,你确定没来错地方吗?这儿可是一家报社啊。

安东尼：(望着琳达,神秘地眨眨眼)小姑娘,先别妄下定论,等下进去了你就明白了。

(推开门进去一看,小弗郎士惊呆了,里面有郝叟老头、司汤达、华生、华希特、詹姆斯等镇上的人。)

郝叟老头：(长舒一口气)是你们啊,我还以为是普鲁士兵来了,可把我们大家吓坏了。

(小弗郎士和琳达打消了疑惑,大家又各忙各的去了,偶尔也有几个人和他们打招呼,在这里小弗郎士和琳达见到了许多关于反对普鲁士兵的传单,小弗郎士看到这些,觉得自己心中有一股热血在沸腾。)

小弗郎士：(好奇地对安东尼说)你们这个组织可以让爱国的孩子参加吗?

郝叟老头：(打趣地说)怎么,小鬼,你也想参加我们这个组织?

(小弗郎士诚恳地点了点头。)

詹姆斯：(严肃)不行,小弗郎士,你还太年轻,你干不了这个。

小弗郎士：（坚定地说）虽然现在我不能上前线杀敌，但是我可以帮你们发传单啊！等我再大几岁，我就可以和你们一起去打仗了。

（詹姆斯看到小弗郎士意志坚定，他也从内心喜欢上了这个孩子。）

安东尼：（微笑）小弗郎士，你既然这么坚定，那你从下周开始就帮我们发发传单吧，但你可要处处小心哟。

（小弗郎士高兴得边跳边往外走，华生似乎想起了什么，连忙叫住了小弗郎士。）

华生：（略微忧伤）小弗郎士，明天下午3点，韩麦尔先生就要和他的妹妹一起离开这座城市了，到时，你去送送他吧。

（小弗郎士听完华生的话，眼角流出了难过的泪水，他低着头默默地离开了报社。在路上，小弗郎士想起了以前与韩麦尔先生交往的点点滴滴，心中更加难过。）

第四场

（不知不觉到了家门口，妈妈看到了小弗郎士泪流满面，连忙迎上去。）

安娜：（关切地说）好孩子，别哭了，妈妈知道你是为韩麦尔先生的离开而伤心，你既然喜欢韩麦尔先生，就别难过了，明天去送送他，把你心中最美的祝福送给韩麦尔先生，让他安心地离开好吗？

（小弗郎士抬头看着妈妈关切的面容，懂事地点了点头，他不知道该不该把发传单的事告诉妈妈，他怕妈妈知道后会大发雷霆。）

小弗郎士：（扯着妈妈的衣角，犹豫不决）妈妈，我想跟您说件事，就是……

安娜：（担心）是什么？孩子，说吧。

小弗郎士：（小声地说）我想加入安东尼他们的地下组织，我想去帮他们发传单，行吗？妈妈。

安娜：（大发雷霆）不行，孩子，你小小年纪怎么能加入这种组织啊？

小弗郎士：（哀求）妈妈，求您了，好吗？

安娜：（甩开小弗郎士的手，坚决地说）只要你敢加入这种组织，你就不是我儿子！

小弗郎士：（倔强地说）我宁愿不做你儿子，我也要加入他们。

安娜：（愤怒地说）你给我滚，从今以后，我们不再是母子关系了！

（小弗郎士听了妈妈的话，倔强地头也不回地走了，安娜一怔，随即号啕大哭。小弗郎士离开家后，在琳达家睡了一晚。）

第五场

（到下午3点时，小弗郎士和琳达来到码头，看到韩麦尔先生和伊莉莎小姐正准备上船。）

小弗郎士、琳达：（高兴地挥着手）韩麦尔先生和伊莉莎小姐，请等等。（小弗郎士、琳达气喘吁吁地跑到韩麦尔先生和伊莉莎小姐面前。）

小弗郎士：（掩藏送别的伤心，微笑着对韩麦尔先生说）韩麦尔先生，告诉您一个好消息，我被批准同意加入地下组织了。

韩麦尔先生：（高兴）不错，小弗郎士，我相信你一定能成为一名优秀的战士。

（韩麦尔先生突然想起了什么，从包里拿出一本书来递给小弗郎士。）勇敢的小弗郎士，我把这本法语书送给你，希望你永远不要忘记祖国的语言。（转身朝向琳达）琳达，你也要加油啊！

（小弗郎士、琳达目送韩麦尔先生和伊莉莎小姐远去，伤心的泪水不知不觉从眼角流了出来。）

第二幕

第一场

（十几年后，小弗郎士已经由一名顽皮的小孩子成长为一名优秀的法国军官，参加过几次大型战斗，他以谋略过人而令普鲁士兵闻风丧胆。一次，在战场上，小弗郎士和韩麦尔先生意外重逢。）

小弗郎士：（骑在战马上，喜出望外）韩麦尔先生，您怎么也到战场上来了啊？（小弗郎士根本不知道韩麦尔先生此时是奉普鲁士上校的命令，专程来捉拿自己的。）

韩麦尔先生：（忐忑不安地搓着手）是啊，亲爱的小弗郎士，没想到咱们在这相见啊，你快下来，让老师看看你到底多高了。

（此时，小弗郎士不知道事情有诈，立刻下了马，韩麦尔先生见小弗郎士走到自己身边，突然从身后抽出一支铁棒，朝小弗郎士的头上狠狠地砸了一下，小弗郎士顿时觉得头晕目眩，什么也不知道了……）

第二场

（不知过了多久，小弗郎士醒了过来，发现自己被绑在一根柱子上，看见他最敬爱的韩麦尔先生正跟敌人站在一起，韩麦尔先生是那么卑躬屈膝，小弗郎士顿时明白了一切，他真不敢相信眼前所见的是事实。）

小弗郎士：（声音颤抖）韩麦尔先生，这到底是怎么回事，难道你是卖国求荣吗？

韩麦尔先生：（奸笑几声）呵呵！世事难料啊，你也不会想到有今天吧！

小弗郎士：（悲愤交加）韩麦尔先生，想不到你是这种人，亏我以前那么敬重你，把你当爱国之士，算我看走眼了！

（这时德国上校——保罗走了过来，别看他是德国人，却能说一口流利的法语。）

保罗：（傲慢）弗郎士少尉，怎么样？不想死的话，就说出你们这次的作战方案吧，那样我还会留你一条命。

小弗郎士：（不屑一顾）呸！凭什么让我说出作战方案，

你们还能得意几天啊，迟早有一天，我们伟大的法兰西会战胜普鲁士的，法兰西万岁！（高呼）

保罗：（气得满脸通红）你……你死到临头了，还这么嘴硬，劝你放老实点儿，否则你会死得很痛苦。

（说完，保罗命令士兵用皮鞭抽打小弗郎士，小弗郎士坚强地咬了咬牙，保罗觉得这样好像起不了什么作用，于是靠近身边一位士兵的耳边窃窃私语了几句。不一会儿，只见那位士兵拿来了一条沾满盐水的鞭子，保罗接过鞭子，用尽全身所有的力量抽打着小弗郎士。）

保罗：（狰狞地笑着）哈哈哈！弗郎士少尉，你跑不掉了。

（小弗郎士没有感觉到痛，因为他心里的伤痛已远远超过肉体的疼痛，他的内心仿佛插上了千万把利剑，此时，韩麦尔先生在保罗的耳边嘀咕了几句，保罗立刻停止了鞭打，不一会儿，见韩麦尔先生举着一块烧得通红的烙铁，走到小弗郎士跟前。）

韩麦尔先生：（阴笑着说）小弗郎士，看在你以前是我学生的分儿上，我再给你一次机会，不然让你吃不了兜着走。

小弗郎士：（愤怒）呸！休想，你这个卖国贼，法兰西人民是不会原谅你的！

（韩麦尔先生听了恼羞成怒地把烧红的烙铁放在小弗郎士身上，小弗郎士很快就晕了过去。）

第三场

伊莉莎：（轻声）弗郎士，弗郎士，快醒醒，赶快醒醒啊！

小弗郎士：（慢慢地睁开眼）伊莉莎小姐，你怎么在这儿啊？

伊莉莎：（一边解开绳子一边说）可怜的弗郎士，你都昏迷三天了，嘘！小声点儿，换上这套普鲁士兵的衣服跟我走，别让他们发现，快走，等下就来不及了。

（这时，容不得小弗郎士多想，换上衣服，只好乖乖地跟着伊莉莎小姐走，就在他们快要逃出去时，在门口，一个普鲁士兵正好走了过来。）

普鲁士兵：（指着伊莉莎小姐）他是谁？

伊莉莎：（吞吞吐吐）他是……他是……

（这个普鲁士兵觉得很奇怪，于是，他吹了一下口哨，黑暗中猛然蹿出一群普鲁士兵包围住他们，小弗郎士知道自己此时不能硬拼，只能智取，突然他灵机一动。）

小弗郎士：（镇定）喂！喂！你们这是干什么啊？我可是保罗上校的侍卫，保罗先生要我请伊莉莎小姐去有点儿要事商议，耽误了时间你们可担当不起啊！

普鲁士兵：（相互望望，半信半疑）这是真的吗，我们怎么不认识你啊？

小弗郎士：（冷静）你们当然不认识我，保罗上校经常派我去执行一些机密任务，我的身份是不能公开的，不信，你问伊莉莎小姐，他哥哥可是保罗上校身边的大红人，你们难道连伊莉莎小姐也不信吗？

（伊莉莎小姐面色苍白地点了点头。）

普鲁士兵：（和颜悦色）哦！原来是场误会，对不起，请二位原谅。

（就这样小弗郎士和伊莉莎小姐顺利地逃了出来。）

小弗郎士：（担心）伊莉莎小姐感谢您救了我，可您回去，他们会杀了你的，不如您跟我一起逃走吧。

伊莉莎：（恢复平静）不了，我之所以这样做，一方面是我十分佩服你的勇气，我既然敢把你放出来，我就有勇气面对一切，放心吧，我没事，你快走吧，法兰西人民在翘首企盼你回去呢，另一方面，我想通过我的行为，能为我哥哥赎一些罪过。

小弗郎士：（痛心）韩麦尔先生的罪孽太重了，他已无法得到法兰西人民的谅解了。

伊莉莎：（激动）不，我哥其实有许多难言之隐，保罗威胁我哥哥，如果不给他当参谋，保罗就要杀掉我全家，我哥哥这么做，全是为了我们一家，我知道我哥哥应该舍小家为大家，可他太软弱了，他做不到。

第四场

（小弗郎士没有说什么，此时他的头脑一片空白，他挣扎着回到了自己的营地，一到这儿，小弗郎士再度昏迷过去了。等小弗郎士醒来，已经是第二天早上了，小弗郎士准备从床上坐起来。华生见小弗郎士醒来了，赶紧扶他躺下。）

华生：（关心）弗郎士你别动，好好躺着，这一段时间你不能上前线了。

（小弗郎士在营地只养了几天伤，伤口还没有痊愈，他便急着上战场了。）

第五场

（小弗郎士骑上他那匹心爱的战马上了战场，冤家路窄，小弗郎士遇见了最不愿遇见的人——韩麦尔先生。）

小弗郎士：（跳下战马，怒斥）你这个卖国贼，你卖国求荣，卑鄙无耻！

韩麦尔先生：（辩解）小弗郎士，我也是被逼无奈啊！

小弗郎士：（讥笑）少废话，你以为你这样说，就会换得法兰西人民的原谅吗？无耻！咱们今天必将决一死战。

（说完，小弗郎士拔出剑刺向韩麦尔先生，韩麦尔先生同样拔出剑刺向小弗郎士，不愿看到的场景总在特定的时间发生，双方的剑都刺中了对方的心脏，就在他们要倒下的一刹那，小弗郎士和韩麦尔先生的眼角都流下了一滴晶莹的泪珠，是那么闪亮……）

（全剧终）

指导教师：陈晓涵

无 能 之 人

◎钱志伟

人物介绍

王金平：拥有极其远大的梦想，认为自己能成为一名大科学家，但实际上没有任何真才实学，只会一味坚持自己的错误观点，不会听取别人的正确观点，冥顽不化。

林鸿宇：大学教授，为人和善，但极其厌恶自大的人。

刘谦：学生。

第一幕

（放学以后，刘谦一如既往地穿过那条人来人往的大街向家奔去，但今天似乎有些不一样，街上的人围成了一圈，似乎在看什么，他便也凑了上去，想一探究竟。）

刘谦：里面在干什么？

路人：似乎是一个文化水平很高的人在里面做演讲，讲些高深的理论，反正也听不懂，就过来凑个热闹。

（刘谦挤上前去，看到人群中央，一个穿着灰色大衣的人正在那高谈阔论，讲的都是些他所难以理解的知识，起码对于一个高中生来说是很难理解的，他于是便想上前询问。）

刘谦：我能问个问题吗？

王金平：嗯。

刘：请问您讲的这些知识属于什么等级的？

（王金平沉思了一会儿。）

王：通俗一点儿来说就是大学教授级别的了，这个理论是我新发明的，我打算用这个理论去参与诺贝尔奖的评选，凭我这个理论是绝对有资格获得诺贝尔奖的。

（正当刘谦还想继续询问的时候，突然走上来一个似乎已经步入花甲的老人。）

林鸿宇：我是××大学的林鸿宇教授，你是哪儿毕业的学生，连一点儿基础物理知识都没弄懂就敢来这里演讲？

王：什么哪儿毕业的，学校学到的知识根本没有任何用，那些都是错误的，我要做的就是推翻物理学的大厦，重新构造新的物理学体系。

林：目标挺远大的，但你没有什么真材实料。

王：你们这些大学教授就是目中无人，瞧不起我们这些没学历的？

林：只是单纯瞧不起你这种没本事乱说的。

（两人吵了起来，围观的人群也厌倦了，逐渐散开了，两人吵了很久后也自觉无味，双双离开了。）

第二幕

（隔日，××大学门口。）

王：大家叫我王金平就好，不久之前我发现了一个理论，我将用它来获得今年的诺贝尔奖，现在我来给大家讲述一下这个理论。

（一群无聊的学生一看有事情便立即围拢过来，而王金平也开始讲述他的"高深理论"。）

王：我这才是真正正确的理论，你们之前所学的都是错误的，这是第一条理论，我将一步步推倒物理学的大厦，重新构建正确的物理学体系。

（林鸿宇教授走进教室，意外地发现来听课的少了很多人。）

林：发生什么了，怎么少了那么多人？

学生：外面来了个人，在那做演讲。

（他走到校门口，看到了王金平的身影，而王金平也看到了他。）

林：你来做什么？

王：还用问吗？自然是推翻物理学的大厦啊。

林：既然这样，那就到教室去，现在正好是我的课，干脆就变成个辩论课吧。

（林教授招呼学生回去，王金平为了维护自己的面子也只得跟过去。）

林：这节课突然变成辩论课是我的错，但还是希望大家能认真一些，先让我们掌声欢迎一下王先生。

（掌声响起。）

林：王先生说自己要推翻物理学的大厦，大家都知道，爆破时都是在底部爆破的，那就先让我们从基础的开始辩论吧，就先从力学开始讲起吧，王先生有什么意见吗？

王：没有。

林：先请王先生开个头吧。

王：按照你们看来，力是什么，力就是物体间的相互作用，同时产生，同时消失，但是谁能证明呢？排开所有干扰因素，假设处于运动状态的 A 球撞击 B 球后停止运动了，但 B 球又开始运动了，这不就说明力并非同时产生，同时消失的。

林：按照我们的解释，物体在不受力的情况下仍能运动，力只会改变物体的运动状态，而不是维持物体的运动。

王：你如何证明一个不受力的物体能运动？

林：这只是在实验之上建立起来的理论，哪有物体是不受力的。

王：在我看来不是这样的，运动只是物体本身的一个属性，而这种属性是可以改变的，它决定着物体的运动状态，一旦这种属性发生改变了，物体的运动状态就会改变，它可以像温度一样靠接触来传播，之前的例子就是一个很好的证明，而这种属性，一旦降为 0，物体就会处于静止状态。

林：嗯，你这理解也可以，但你怎么解释匀速直线运动呢？

（王金平说不出话来了。而众多学生也都把目光转向了他，他没有回答，直接跑了出去。）

林：刚刚的辩论你们也都看到了，并不是什么高深的知识，但很遗憾他并不懂，不懂装懂，或者说是没有意识到自己不懂，这是一件非常可怕的事情，也许在若干年后，现在的物理体系会被推翻，但那是建立在有另一个完整的体系取代它的情况下。马上就要下课了，我也就不再讲了，我只希望你们记住：有个远大的理想是好的，但是你要有与之相匹配的实力才行，空有梦想而无实力，终究只是个空想家，永远不会成为成功者，我希望你们能认清楚自己的实力，在人生的路上少跌几个跟头。好，下课。

指导教师：陈晓涵

最后的常春藤叶

◎黄天成

旁白：在A城最大的医院，它的东北角坐落着一个独立的楼房，只有两层高。虽然楼房建成了数年，它的墙壁却还是干干净净的。在这面墙上，愕然是蓝白的一块牌子：癌症科。与其他地方的忙碌不同。这里，除了医护人员，几乎无人进出。也许是为了病人的心理健康，楼四周种满花花草草，虽然工作人员精心照料这些花草，但它们在冬天也还是会凋零。也许它们和病人一样吧，被尽全力地照顾，在某个瞬间就消失了吧。这一年的冬天又来了。在南面的一个病房里……

老李：小张啊，你咋又一身烟味儿，你又偷偷抽烟了吧。你啊，王医生都让你注意了，别让病情恶化，你就是不听，想自杀啊？

小张：你就别说我了，你还不是经常出去喝个两杯？年纪大了话还这么多。

老李：就是年纪大了话才多，再说了，我是脑癌，又不关肝啥事，你个肺癌还抽烟，跟我比谁找死？我都六十好几了，身子骨早这样了。

旁白：老李是个退伍军人，退伍后就当了门卫，一年前确诊了脑癌。小张是个公司白领，三十几岁就确诊了肺癌，待在这房间里快三年了。

小张：你还身子不硬朗？耍我玩呢？我想咋样跟你有半毛钱关系吗？我就想抽，停不下来。（没心没肺地）

老李：得！得！可你又不是晚期没法子了等死，干吗这么不识相。当人家医生想天天管着你啊，这医者父母心哪，你为啥就这么不领情呢，我就……

小张：（在老李说话的时候插嘴）你咋又说上了，我看你当啥门卫，去当个说书先生蛮好的，这样了还不消停。

老李：说书啊？没这本事，我粗人一个，老早当兵去了，哪会这文绉绉的。我倒觉得你找一哥们儿就能说相声去，你们这辈人懂得比咱多多了，我像你这年纪的时候还在人民公社天天干活儿呢。

小张：少跟我说你年轻时的事了，这一年下来你都年轻了几十回了。

王医生：小张，到化疗的时间了。（嗅两下，叹一口气）

旁白：王医生作为他们的主治医师也是操碎了心，他知道小张会偷偷地抽烟，之前收了几次，过了一两天小张又不知从哪里变出来一包，劝也不管用，只好任他去了。

小张：知道了。（很不情愿地站起来）

旁白：几个小时后，小张躺在床上，向着窗外看去，离窗户四十几米的地方挺立着一棵法国梧桐，一条常春藤盘在上头，枯黄的树干上伸出点儿绿色，看着很奇怪，他开始回忆。

那是他刚刚确诊的时候，他很迷茫，在这个年纪遇上这种事，论谁都会害怕，但是当时……

强哥：你小子干吗，老是看着外头？这又不是监狱，想出去走走就去呗。

旁白：这是小张之前的病友，年纪与他相仿，因为个子比他高，所以就成了强哥。

小张：强哥，你说这法国梧桐上头咋会长个藤上去？

强哥：管那么多干吗，都长这么好了，总不可能砍了吧。

小张：那不糟践了这梧桐？

强哥：唉，那不一定。你看这树干，干干巴巴的，"麻麻赖赖"的，一点儿都不圆润，要不是没这本事我就去盘它了。这藤长出来倒好，遮一下还多点儿绿色，多好。

小张：话说强哥，之前干吗去了这么久不见你？

强哥：家里人去旅游也要带上我，我就去了呗，这病已经得了，逃不了，还不如享受享受。你一天到晚就窝在这儿，也不闷得慌。

小张：（笑笑）谁说的，就算是我偶尔也会出去走走的。

强哥：你那算啥呀，唉，要不到时候找个机会咱俩出去玩玩？

小张：你这葫芦里卖啥药？

强哥：关心你还不领情呢，要是我像你这样都要发霉长毛了，（捶自己的胸口）跟着我出去看看，咋样？

小张：行。（开心）

旁白：你说小张他会不领情吗，他心里头高兴极了，看着强哥这么乐观，也许自己也可以像他一样活得精彩丰富些。不过，强哥没告诉过他一件事，从见到小张的第一天起，他从未提过自己的病情，因为，他是胃癌晚期，这就相当于死神已经下达了死亡宣告。没人能救他了。也许他的本意是不让小张紧张，但是结果却帮了倒忙。在他们约定旅游的前一天晚上，强哥在夜里被死神勾走了，天命真是不饶人。他离开得很安静，但活着的人就不是那么安静了，他打碎了花瓶，更碎了他的心。今天，他原本和那已离开之人在高铁上喝着热饮聊着接下来游览H市的计划，可惜，那再也不可能了。（停顿一会儿）在那之后他送走了强哥，迎来了老李，但那活下去的心早随着强哥去了，他现在就是个活死人。老李自然是从王医生那里听说了这些，却毫无办法。他希望能帮到小张，结果小张就像之前那样，逃避着这些。现在，能让小张感受到强哥来过的只有他留下的相片和外头的那梧桐和藤蔓了。

老李：你到底在看啥？

小张：你看不是冬天了嘛。

老李：嗯？

小张：梧桐早秃了，这常春藤也在掉叶子了。

旁白：老李望向窗外。那常春藤像幽灵一样附在光秃秃的梧桐上，它们曾相互照应，现在却一同凋零，就像曾经的他们。外面每次刮起一阵微风，就扯下一两片叶子。

小张：昨天他还有200多片叶子，现在只有74片了，73、72、71……它落完了，我还能撑多久呢？（回头）

旁白：老李已经离开了病房，他便继续数着那依然扒着的为数不多的叶子。

小张：70、69、68……

旁白：那天，老李到半夜才回来，身上一身酒味儿、泥味儿，还有一阵奇怪的化学品的味道。小张也只是拉上了窗帘，瞪着天花板。

小张：老李头你咋才回来，（噢噢）还一身味儿。

老李：老朋友难得聚聚，一开心喝多了。（跟跟跄跄）

小张：可别摔死了。

老李：什么话呀这么难听。

小张：老李头。

老李：嗯？

小张：你说那藤上还有几片叶子呢？到底还有多少呢？

老李：我去，我怎么知道，那草是你养的还是咋的，你这么关心呢？（醉醺醺）

小张：没什么，你就睡吧，醒醒酒。

老李：成！（倒头就睡）

旁白：小张听着老李的呼噜声，盯着天花板，像仰望自己的去路一般，不知过了多久，他睡着了。第二天醒来，他拉开窗帘，只剩下十几片叶子挂在上面了。小张遥望着那些即将离开的叶子，心里很不是滋味。老李看着他这个样子也不好受，但是他早就做好了准备。

小张：3、2、1，只剩一片了，唉。

王医生：小张，去化疗吧。

小张：等会儿。

王医生：为啥？

小张：等它掉下来。

旁白：王医生看向窗外，明白了什么。

王医生：等不了的，快去吧。（推小张起来）

旁白：今天，小张一直都望着那棵常春藤，一直都盯着它，可那最后一片叶子始终没有掉落，他很纳闷。到了第二天，它依然在，第三天，它仍然在，一个星期后，它仍然紧紧地抓在那根藤上，任凭风吹雨打，就是不动一下。他的脑海中闪过一个问题，如果是强哥看见了现在的自己，会怎样呢？毫无疑问，他会上来给小张一拳说……

强哥：你个懦夫，自私地放弃所有希望想自取灭亡？我可比你惨得多，我却比你爽快几万倍，真是矫情死了。

旁白：是啊，自己什么时候连他也辜负了，连一片叶子都不如了，他狠狠地扇了自己一巴掌，找出了所有他私藏的烟，扔进了垃圾桶，听从所有人的劝告，安心地接受治疗，虽然花了很长的时间，但他清醒了过来。在他永远地离开那栋病房时，他向王医生说……

小张：王医生，谢谢这些年来的照顾。如果没有您，我都不知道该怎么办。

王医生：还是你自己想开了，现在想去干什么？

小张：我想去 H 市旅游，去看看本该看见的东西。

王医生：蛮好。

小张：医生，我还想问个问题。

王医生：你说。

小张：楼下那常春藤长得真好，谁保养的？

王医生：没有人专门做那件事。

小张：啊？

旁白：他陷入沉思，那为什么那片叶子始终不掉下来呢？王医生仿佛看穿了他的心思。

王医生：自己去看看吧，去了就明白了。

旁白：小张半信半疑地下了楼，来到那梧桐树下，他定住了，眼中盈满泪水，他全明白了，明白了为什么它没有落下，也明白到底是谁做的了，虽然那颜色几乎看不出来，那片叶子是画上去的。他来到病房。

小张：（抱着老李）你干吗不告诉我一声，骗我很好玩是不是？

老李：说出来就没用了。你看看这画得像吗？

小张：你不是说不会那些东西吗？

老李：我又没说我不会画画，当初我还想过当个画家呢。

小张：老头子，你给我好好养你的病，到时候你出来了我也来骗骗你。

老李：成！

旁白：一个人的一生要经历三次死亡：第一次，当你的心脏停止跳动，再也不能感受到任何东西，从生理角度上，你死了；第二次，你躺在棺材里，别人去参加你的葬礼，把你火化、葬入地下，从社会角度上，你死了；第三次，当你从最后一个记得你的人的脑海里消失，世上再无一人记得你曾到过这世界，从精神意义上，你死了。我们不能决定自己的第一次和第二次死亡，但我们能决定自己的第三次死亡。当你面对所有的不如意时，不要放弃，无论是怎样的困难，无论成功或是失败，只有在拼搏的过程中，才会有更多人记得你，记得你的形象、态度、精神，在这时我们是不是可以挺起胸膛，大声地告诉这个世界，我在这个世界上活过！

指导教师：陈晓涵

林教头风雪山神庙

◎ 胡琳琳

第一幕　店内吃酒

画外音：北风卷地白草折，这沧州的冬日已然是白雪皑皑。草料场那破旧的草厅怎生挡得如此风雪？林教头早提了花枪，向那市井买酒去了。

小二：（听到敲门声，上前开门）客官里面请。

林冲：（掸掉身上的雪）好大的雪啊！

小二：（上前帮忙）这位客官从哪里来啊？

林冲：（挑出葫芦）你可认得这个葫芦吗？

小二：（疑惑）欸？这不是草料场老军的吗？

林冲：好眼力！（笑道）我接替了老军，这葫芦是我的了。

小二：（满脸笑意）哟！那可是贵客啊！客官，天气寒冷，先来烤烤火。（取过花枪靠在墙上）再吃几杯暖暖身子。

林冲：好。

小二：（端着酒上）客官请慢用。（放到桌上，望向林冲，若有所思）等等，我看客官您面生，似乎不是本地人氏？

林冲：（喝了一口）是这样。

小二：那如今为何到了这鬼地方来？

林冲：（轻叹）我本是那东京八十万禁军教头，只因恶了当今高太尉，因此白白吃了这一场官司，刺配到此处，也罢，这看管草料场好歹也是一份清闲的差事。

小二：客官快别想那么多了，我去切些牛肉来。（起身，顺便将酒葫芦灌满）

林冲：（自言自语）这大雪怕是一时半会儿停不下来了，（忽然想到）不好，那草厅怕是撑不住了。

林冲：我还有事，先行告辞了。（取过衣服）

小二：客官慢走啊！

第二幕　夜宿山神庙

画外音：那草厅塌了，林冲不得已，只能到山神庙来。他关上了门，又搬来一块大石头挡住门板，之后林冲环视了一圈山神雕像，掸去身上的雪，拿出牛肉就着酒自顾自吃了起来。少顷，外面传来了毕毕剥剥的爆响声。林冲从门缝中一看，只见火光冲天，草料场燃起了熊熊大火。他正准备出门去救火时，只听外面传来阵阵人声。刚想开门，却意外听到了自己的名字，于是他便伏在门上听⋯⋯

第三幕　得知真相

（陆谦、差拨、富安上场）

富安：（推门）咦，这门推不开。

差拨：（搓了搓手）这回二位大可放心了，林冲就是有三头六臂，也是插翅难飞啊。（喜）

陆谦：富安，睁大你的眼睛看好了，也许林冲会突然从火堆里跳出来（语气加重）给你一枪！

差拨：哈哈，林冲这厮可是死了，不过谁叫高衙内看上了他的老婆呢！哈哈！

（三人奸笑）

富安：这四周的草堆都被我点燃了，天王老子来了也出不去！便是他捡得一条小命，烧了大军草料场也是死罪！

富安：我们就等着捡几根骨头，回东京去升官发财吧！

陆谦：还是多亏了管营差拨二位的好计啊！（拱手）

差拨：（眼睛一转）只是不知那林冲哪里惹到虞候大人您了？你们不是……兄弟吗？

陆谦：（打断，用手捶门）兄弟？他是那高高在上的八十万禁军教头，而我呢？只是太尉府一个小小虞候！凭什么他受万人敬仰，我却只能鞍前马后？要不是高衙内告诉我，我现在还像个傻子一样感激他！（深呼吸，双手抱胸，看向草料场）再等等吧，捡他一两块骨头回去，也算有个交代。

林冲：（表情从凝重逐渐转为愤怒，一脚踢开房门，大喝）泼贼，哪里去！

（三人大惊）

陆谦：林冲！

（林冲一枪向差拨刺去，差拨早就吓得魂飞魄散，只一枪

便死了）

（富安转身想逃，陆谦拦住了他，三人打斗在一起）

（不久富安被打倒，陆谦一个人面对林冲，落入了下风）

林冲：陆谦，你我朋友这么多年，为何恩将仇报，加害于我？杀人可恕，情理难容！

陆谦：（手中武器略垂）我也是被逼无奈，不害你，我也没有好日子过！（狰狞）你和高太尉，我只能选一个！来吧林冲，今日我们必定你死我活！

（二人继续打斗，不久，林冲把陆谦一枪定在了墙上）

林冲：（悲恨交加）你这禽兽不如的东西！想你刚到东京，流落街头，是谁救了你，又保举你进太尉府做了虞候？那时候你怎么不杀我？现在回来向我心口捅刀子？天底下哪有你这种黑心烂肺的鸟人！

（陆谦一言不发，忽然抽出手中的刀，挣脱枪一刀砍去）

（林冲打飞陆谦武器，将其打倒在地）

林冲：（冷酷）你还有什么遗言吗？

陆谦：（闭上双眼，一字一句）无须多言，大哥，要杀要剐随你处置。

林冲：我不愿杀人，也不想杀人，是你们逼我的！（手起枪落）

（割下陆谦头颅，带到山神像前）

林冲：（一拱手）多谢山神爷庇护，我林冲今日大难不死，都说善有善报，可这世道却不遵守这规律，无权无势只能任人宰割，有权有势却能胡作非为。那点微不足道的兄弟情不值一提（轻叹），呵，我今日被逼无奈杀了这几个小人，非我本心，但我不得不如此啊！

（提枪，出庙门，望着远处火光冲天）

林冲：（音乐起）走了！

（落幕，全剧终）

指导教师：胡琳琳

堂吉诃德

◎胡琳琳

第一幕

旁白：话说那叫拉曼查的地方，出了位老疯子，他对骑士小说上了瘾，给自己改名为堂吉诃德。正如每个游侠骑士都有一位侍从和心上人一样，他的邻居桑丘·潘莎成了他的侍从，他给邻村一个普通姑娘取名杜尔西内亚作为自己的意中人。他始终活在幻想之中，把风车看作巨人，把羊群看作敌人，他解救被囚禁的犯人，捣毁了一辆又一辆路过的马车。直到某天，他遇到了白月骑士。

（堂吉诃德全身披挂在海滩上散步）

桑丘：（急急忙忙）堂吉诃德大人！不好了！海滩后面来了个骑士，他背后有个银闪闪的月亮，还把我打了！

堂吉诃德：（不敢置信，生气）你说什么？你怎么被打的？

桑丘：他拎着我的领子，问您在哪儿，我不说，他就把我摔在地上，打伤了我一条腿！您看！就是他们！

白月骑士随从： 就是我们！

白月骑士：（高嗓门儿）受到举世称赞的杰出骑士，伟大的堂吉诃德哟，我是白月骑士，我的英雄业绩或许你已听过。我向你挑战，试试你臂膀的力量，要你承认我的情人，别管他是谁，显而易见她比你的杜尔西内亚漂亮。如果你痛痛快快承认了这个事实，放下盔甲和长枪。我可以免你不死。

堂吉诃德：（心气平和又神态严肃）白月骑士，你从未见过尊贵的杜尔西内亚，如果你见过她，就不会说这种话了。我们决斗吧。今天的事情不用拖到明天。

（堂吉诃德和白月骑士摆好冲锋的架势向对方冲去）

白月骑士随从： 你已经被我们打趴下了，你的主人马上也会迎来相同的结局。

桑丘：（担忧）不，不会的，他可是伟大的骑士。

（几个来回后堂吉诃德被迅速击败）

堂吉诃德： 杜尔西内亚是世界上最美丽的人，而我是最倒霉的骑士。

白月骑士： 你应该履行你的承诺了。

堂吉诃德： 我不会因为我的无能而抹杀这个事实，握紧你的长矛，骑士，杀死我吧，我已经名誉扫地了。

白月骑士： 我不会杀死你，你要像我们决斗开始前商定的那样。回到你的老家去。

白月骑士随从： 回到你的老家去。

旁白： 堂吉诃德整顿行李与桑丘一同回到了村子。堂吉诃德一路上闷闷不乐，沉默不语。

桑丘：大人。抬起头来，若是可以高兴就高兴吧。

堂吉诃德：我这个可怜人，还有什么好说的呢？战败者难道不是我吗？被打翻在地的人难道不是我吗？我更适合纺线而不是操剑，我还有什么可夸口的呢。

桑丘：别这样大人，胜败乃兵家常事。

（堂吉诃德不语）

桑丘：我们还可以回村子，过着无忧无虑的牧人生活，和您的杜尔西内亚一起，好吗？

第二幕

旁白：堂吉诃德被月光骑士击败，按照骑士精神，他不得不放下铠甲和长剑与桑吉一起回村。在一切都要变好、一切都要回归正轨的时候，堂吉诃德重病倒下。弥留之际。

堂吉诃德：（脱下头盔和长枪，指着长枪）桑丘，原来这只是个破铜盆和旧雨伞。

桑丘：大人，您是说这把伞吗？它可是你一直以来的信仰啊，陪你走过多少风风雨雨，您难道都忘记了吗？

堂吉诃德：我有一个好消息，我不再是拉曼查的堂吉诃德了，而是阿隆索了。我对所有骑士小说都弃之如敝屣，我意识到我的愚蠢透顶，现在我已幡然醒悟了。

桑丘：堂吉诃德大人，咱们马上就要去当牧人，过无忧无虑、无拘无束的生活了，您怎么又临阵退缩了呢。

桑丘：（哭着说）您可千万别死啊。

（堂吉诃德不语）

桑丘：现在既没人杀您，也没人打您。您别犯懒了，从床上爬起来，按照我们约定的那样，穿上牧人的服装到野外去吧，好吗？

堂吉诃德：我过去是疯子，现在不疯了，我以前是拉曼查的堂吉诃德，现在就像我说过的，我是阿隆索了。我不再是个骑士，不再是了。

旁白：骑士贵族，英勇绝伦，身经百难，生前疯癫，死后……

杜尔加西亚穿高跟鞋入场（啪嗒啪嗒的声音突出），堂吉诃德蜷缩在地，杜尔加西亚来到堂吉诃德面前，以居高临下的姿态看着堂吉诃德。

杜尔加西亚：伟大的堂吉诃德啊，你这是怎么了？

（堂吉诃德不语）

（杜尔加西亚走开，来到舞台前方中央）

杜尔加西亚：你还记得你给我写的情诗吗？我还记得！你说我是你温暖的手套，冰冷啤酒。你说我是你的红颊青涩，是你的风筝暖阳，是你不竭的火，是你高尚的理想。你还说，我是你乞力马扎罗的山巅，是你求而不得的水泊梁山。

（堂吉诃德从"温暖的手套"插入音量逐渐增大，至"高尚的理想"后齐声。）

杜尔加西亚、**堂吉诃德**齐声：你还说，我是你乞力马扎罗的山巅，是你求而不得的水泊梁山。是吹角连营，是金戈铁马，是联系无尽破碎的丝线，是幻灭后重建的光芒。

（堂吉诃德站起，倒下，站起，倒下，站起倒下）

堂吉诃德：所有的敌人都消失了，所有的太阳都逃跑了，我的手已经拿不起任何长剑，我开始怀疑我自己，怀疑骑士精神，怀疑我对杜尔西内亚的爱情，究竟什么东西能让我肯定我还是我？什么东西能让我断定我还活着？这不是赢不赢的问题，而是一种较量，不是我与敌人的较量，而是我和所有一切的较量。这一次我输了，我真的输了。如果我低头奄脑地顺从了，我将永远对生活妥协下去！做你们眼中的普通人！从生活中截取一点儿简单易得的东西，在阴影下苟且作乐！我宁愿什么都不要！

（由颤抖到坚定，由自我怀疑到毅然决然）我是，我是拉曼查的骑士！伟大的堂吉诃德！我的女神杜尔西内亚！我的朋友桑丘·潘莎！我说过的话我永远不会忘记！

桑丘：主人，命运的安排比我们希望的还好！快看那吧，那里有三十多架风车，他们是放肆的巨人，是世界的坏种，快去同他们战斗！这是正义的战斗，去铲除所有的邪恶吧！

（堂吉诃德冲向台阶，伴随台词。）

堂吉诃德：忘记它就可以不必再忍受，忘记它就可以不必再痛苦，忘掉仇恨，忘掉屈辱，忘掉爱情，像犀牛忘掉草原，像水鸟忘掉湖泊。忘掉是一般人唯一能做的事情！但我决定！不忘记它！

月光骑士：（重返舞台，极端愤怒地）站住！你忘记你之前许下的诺言了吗？你口中的骑士精神不过是你不切实际的幻想罢了！

堂吉诃德：住嘴！懦夫！

（二人对剑，白月骑士被迅速击败）

月光骑士：无可救药的疯子。

（堂吉诃德冲上台阶，向纸幕发动总攻）

堂吉诃德：冲锋吧！堂吉诃德！鲸鱼才不会将坠海的我喷涌而起，神明也不会将祈祷的我救赎，我将摒弃所有的虚妄、恐惧，去成为在不断坎坷中追求浪漫的痴傻者，去成为将丑恶罪恶吊死在路灯的反叛者。我知道我的身体，我的长枪早已腐朽不堪，但这又有什么关系呢？啊！我生来便是堂吉诃德，我的毅然决然正是我作为葵花与玫瑰的天性，也正是我为理想，为自由，最美丽的殉道！

（堂吉诃德向风车最后总攻，纸幕倒下）

桑丘：用一块石头，砸向另一块石头，用一个人类去唤醒另一位人类。这样的话正说反说都没有问题，只是那块被雕成人形的石头，想要活着，想要理想。因此才会如此痛苦，因此才会说不了话，做不了梦。

指导教师：胡琳琳

后　记

　　几番辛苦，几易其稿，写这篇后记时，回顾整个编写过程，感到的是"却顾所来径，苍苍横翠微"的从容和欣喜。没有经历过思考、审核、编排等一系列工作，不会理解其中的琐碎和不易，更不会体验到最终看到成果的喜悦。

　　在这里，首先我想和大家分享一下我的感受。

　　在高中一线教学这么多年，我一直在寻找"考语文"与"学语文"的"桥梁"。有人会说这两者并不矛盾，但是从应试角度出发，"考语文"更注重在短期内能提高语文分数的套路，"学语文"则需要学生能有更多的时间大量阅读与写作，高中生几乎不可能主动花时间阅读，而这也是高中语文老师最头疼的问题。

　　如果不能在课余时间阅读与写作，为什么不能就在课堂上进行呢？这便是我思考"转化型写作"的初衷。

　　在推行"转化型写作"的过程中，我有种"披沙拣金，往往见宝"的惊奇发现。学生在对文本的理解和与自身生活的联系中展现了青少年的灵动和活跃，脱离了考场作文"场力"

的束缚，他们的个性和思考一时飞扬起来，而且体现在了表达上，言语没有那么拘谨，文字没有那么僵硬。原来，精读和深读，即使在量上不够，但是也能收获奇效。这至少证明我的思考、尝试和方法是成功的。

"回首向来萧瑟处"，今年我担任高一年级备课组长，还承担两个班的教学工作，工作强度不可谓不大；两个孩子一个正在高一，一个还在小学，生活上的照顾也可谓辗转奔波。然而，在和大家一起商讨和编写本书的过程中，不仅自身教研能力获得提升，对于语文教学的理解也逐步深入，唯有辛劳，方能成长，一路前行，必有收获。

在这里，我还想感谢很多人！

感谢编写组里的各位同人，大家和衷共济、互助共进，在工作中充分展现了团队的凝聚力、战斗力和深厚情谊。

张瑛老师一直工作在高三一线，且是承担两个班的教学工作，家里还有两个孩子需要照顾。但即便在如此繁忙和辛苦的情况下，仍然积极承担本书的编写工作，让我深深敬佩于作为骨干教师的敬业、专业。

陈晓涵老师不辞辛劳，主动参与本书的编写。作为一名刚工作不久的新手，陈老师展现了"90后"的韧性、执着和工作热情。

胡琳琳老师在教学之余，还担任了重点学生培优拔尖辅导，同时还要照顾年幼的孩子。在这种强度的工作之下，也尽职尽责地完成了本书的编写工作。

肖仁荣老师担任高三班主任，承担两个毕业班的语文教学工作，还要处理教务处工作，他依然积极参与本书的编写工作。

感谢大家的支持和付出。

同时，我要感谢每一位编写成员的家人。感谢你们对我们工作的支持，感谢你们的包容和耐心，是你们的默默付出，让我们能够有足够的精力和时间完成这次编写工作。

最后，我要感谢北京师范大学吴欣歆教授的学术指导和花山文艺出版社社长郝建国先生的大力支持。正是你们的鼓励和帮助，才使得这样一本书得以付梓。

行文至此，心有戚戚。曹丕说："盖文章者，经国之大业，不朽之盛事。"我们的编写不敢比于此等事业，但是也可以说是"立人达人"，我们自身的专业素养和心态获得了成长，同时也通过学生的文字见证了学生的成长，如果能够借助这本书给更多的同人、更多学生一点儿启发和帮助，那就真是一大幸事了。